作者简介：

段遥亭，陕西白水人。曾为法院书记员，报社记者。在《人民陆军》《中国诗歌报》《中国铁路文艺》《西部》《草原》《延河》《上海诗人》《诗潮》《绿风》等多家报刊发表过500多篇（首）作品。散文集《野马天山》入围第六届鲁迅文学奖。作品被《读者》等刊物转载，并入选《中国西部散文精选》《中国当代知名诗人诗选》《长安风诗歌十人选》等多种选本。曾获新疆诗歌节二等奖（2019）。新疆作协会员，第七届上海创意写作培训班学员，陕西省文艺评论家协会会员，陕西白水县政协十届委员。

尚未寄出的挂号信

你——
来自北方老村
深居内陆,不识水性
无法下海游泳,鸣笛远航
不满足于做一个心灵的流浪者

于人山人海,荡起一只独木舟
匹马孤帆,迎风踏浪
试图发现生命的新大陆
珊瑚岛上的激光,并非传说
汹涌的海波……可作为进行曲

2022年3月6日于长安汉风台

> 诗是不可解释的……诗歌的任务是照亮匿藏在时间褶缝里的事物。
>
> ——诺贝尔文学奖获得者 奥克塔维奥·帕斯

马背上的光阴

一个西部行者的天涯孤旅

段遥亭 著

西北大学出版社
·西安·

图书在版编目（CIP）数据

马背上的光阴 / 段遥亭著. — 西安：西北大学出版社，2023.9

ISBN 978-7-5604-5227-2

Ⅰ.①马… Ⅱ.①段… Ⅲ.①诗集—中国—当代 Ⅳ.①I227

中国国家版本馆CIP数据核字（2023）第196703号

马背上的光阴 MA BEI SHANG DE GUANGYIN
段遥亭 著

出版发行	西北大学出版社
地　　址	西安市太白北路229号
邮　　编	710069
电　　话	029-88303940
经　　销	全国新华书店
印　　装	陕西隆昌印刷有限公司
开　　本	889毫米×1194毫米 1/32
印　　张	9
字　　数	184千字
版　　次	2023年10月第1版　2023年10月第1次印刷
书　　号	ISBN 978-7-5604-5227-2
定　　价	49.80元

如有印装质量问题，请与本社联系调换，电话029-88302966。

自序

做一个理想主义的散兵游勇

一年夏天,收悉《天津诗人》编辑罗广才回函。他说,很赞成"诗歌创作心态的四个要素":沧桑之感、超越情怀、纯诗意象和边缘处境。

诗歌是发生在诗人心灵之上的精神现象,将逸出日常生活的物象升华为神奇的心灵意象。诗歌是一个人将思想献给生命的收获与回响。

30多年前,我是一个处于饥饿状态的文学青年。那时对诗歌并不热衷。但我理解海子心中的"火车情结"。对生长于偏远乡村的少年而言,火车不仅是一种神奇的交通工具,还可以带你通向外面的世界,抵达梦中缥缈的远方。

每个人都有生命无法承受之重。孤独、忧郁、失恋足以击垮一个才华横溢的天才诗人。当他精神困惑时,这只"扑向太阳之豹"选择"开往春天的火车"——绝尘而去。

我的生活也曾徘徊于一种干涸濒危的荒漠状态。所幸,涉过激流险滩,终于突出重围。

古往今来,每逢社会变革,人们就会产生一种难以适应的应激心理。从传统的农耕社会到市场经济也是这样。夜深人静时,迎着晚风仰望幻境,思绪从烦琐的世事中飘逸而出,游离于无形的孤寂与混沌的虚无——路在何方?

散文集《野马天山》翻篇,遇见诗歌,如同一个饥饿的人面对一道美味那样情不自禁;又像一个旅行者登上山峰,俯瞰风景,慷慨激昂。汪洋恣肆的诗意从日常生活的缝隙喷薄而出,每一个词汇都是凤冠霞帔的蓝色情人,像失散多年的恋人那样悲喜交加。

指尖流云。每一个词汇都带着灵魂飞翔。越野的马蹄掠过雪山草地,风中一双明眸若即若离,回望一幕幕阅历生命的山南水北。真想逆流而上,在岁月的河岸寻觅一味疗伤的中草药。现代人在焦虑与浮躁中赶路,心灵留恋田园牧歌,身体追逐都市繁华。无论秦汉还是盛唐,哪怕工业社会,诗人永不会缺席。千山万水,完成一个人的入城礼。一个人的写作是为了梳理自己的来龙去脉,以鲜活个性的文字温暖自己,眷顾苍生,而不是凭借花拳绣腿的套路迎合这个暂居的浮世。

我喜欢评论家何向阳说过的那句话:"写作就是与不存在的爱人对话。"

——诗歌即对世界与他人的爱。打开视野,放大生活,就撑起了一扇天窗。

诗情就是对美善的赏析,诗意是人神共处的美妙时刻。每一次相遇都是一次野径香溪的交汇。鹤舞白沙,留恋过往;极目远眺,探索未来。在我看来,故乡和别处一样,是一个让人爱恨交加的地方。这些年东奔西走,日出日落,早已习惯古道风烟、悲欢离合。从长安出发,一个人穿越丝绸之路,孤旅天涯,探索一种西部漫游的边缘生活。用深情的眼光观照大千世界人间冷暖。当崩塌的冰川唤醒西边的草地,那是春天的山神迎风起立。远望西天山、莽昆仑,除却金戈铁马西域风情,给自己卑微而铿锵的诗歌增加一点侠骨儒心。我的边塞诗落伍于时尚先锋与怪异的欧美现代流派,残留着遥远西伯利亚苏俄风格的深沉、雄浑与悲壮,远离极度抒情、风花雪月与人格美化。

我的诗中时常出现雪山、草地、河流、月光、马蹄、荒漠、废墟,以及村庄、麦田、大海、天涯这些与边疆、他乡有关的词汇,呈现出一种"过去进行时"的复活意境,以此作为手工作坊的土陶容器,盛放自己匆忙的思绪与奔波的行程。

云蒸霞蔚,西部列车穿过乌鞘岭。夜幕下时常想起李白、高适、岑参、王昌龄他们豪迈的人生。

不愿埋头宫殿朝堂
自囿于内讧和权术
分心于茶艺歌舞
霜雪和烽烟召唤勇者前行
朔风沙尘挡不住追逐与梦想……

我错失了成为一个诗人的黄金时代。朴拙的诗歌创作只是为了检阅多年漂泊边地的诗意。我所理解的诗歌不只是抒情与歌唱,更多的是钻探与挖掘,剖析与忧思,是一种有关生命、爱情、精神、灵魂的游弋、争鸣与突围。

日趋成熟的年轻诗人成群结队,锋芒毕露的后生闪亮登场,毫不留情地将诗意衰退的"中年说"挤对到一边。远离长安十多年,被生活的风浪驱逐于戈壁大漠。后知后觉者赶一趟"诗歌晚集"。人生不能为了世俗的法则而苟且偷安。一个民间写作者若不能登堂入室,不妨抒写一点诗文丰盈自己的归去来辞。有时候,我们需要一种敢于和命运掰手腕的意志。一味妥协退让,会被生活的潮流冲入黑暗的角落。

我清楚诗歌之于自己的意义。它能够让我寂寥的生活风调雨顺,草木葱茏。一首诗歌的产生预示着对现实生活的回馈与觉悟。一个人舞文弄墨的自信是构筑内心堡垒的建筑材料。在路上,以诗歌的名义纵横逶迤。我以为——诗歌是灵感的闪电,越野的马蹄。

灵光闪现,一只云上猛禽,以滑翔俯冲的疾速穿越时光。这时候,诗意从天而降。诗歌遵从诗人内心的情绪与思想。一首诗的诞生,如同一朵花的绽放,世界悄然为之所动。

诗歌是仰望星空的飞行器。行走于尘世寻找一条坦途,用春风抚慰荒芜,用博爱战胜冷漠。诗歌可以救你于水深火热。缓过神来独坐于湖畔苇岸,临风观澜。这样的岁月宽敞有余。作为一个迟到的民间诗人,寄居边城乌鲁木齐,漫游塔克拉玛干,辗转流离的生活年复一年,在生活的迁徙之途提纯精神,滋养心灵。

生活的缺陷造就了艺术,诗人的写作是一项苦乐并存的灵魂工程。前半生拖家带口疲于奔命,中秋的日历如淡墨山水。这时候,需要一种自我思考、自我审视与自我超越。

诗歌为我们缔造了一个精神乌托邦,让我们清晰地认识现实,我们不仅要活在现在,更要活在未来。人生易老,不负时光,追逐哲人思想,探究终极关怀,从容闲庭信步。

我是一个跋涉在长安、西域的两乡人,西部漫游,寻找生命的绿洲和芳草地。风雨兼程是既定的宿命。留不住的城市,回不去的乡村,撕扯着现代人……如果不知所措,请及时摆渡你自己。父亲走后,故园荒芜,已无家可归。连根拔起的隐痛如此逼人,白露秋分,继续未知的路。秋风吹过田野的时候,发现银杏金枝玉叶的俊逸。

我不善于花俏的词藻、飘忽的意念打扮诗句。更多的是脚踏实地,行走于山河大地——在大自然瑰丽广阔的怀抱中捕捉美的瞬间,在现实生活的缝隙中顿悟生命的价值与内涵。作为一个坚守理想的散兵游勇,没有刻意去迎合流行于世的各种"诗潮",只是在属于自己的小路上匹马孤征。

这本诗集收录了近年来创作的 136 首作品,其中大部分抒写丝绸之路、西部漫游和人生苦旅,有着个性鲜明的边疆风情和浓郁的文化气息,思绪中凸显人文地理和强烈的历史感。有兴趣的读者不妨在茶余饭后信手翻阅,或许会使你眼前一亮。

白桦林间,鸟鸣稀疏
马蹄踩踏湿滑的鹅卵石
夏牧场飘过,一个远去的梦

2022 年 6 月 9 日于长安汉风台

目 录

第一辑　从长安出发

从长安出发	3
西路上	4
河西走廊	6
苍生	8
出塞曲	10
玉门关	11
马蹄汹涌	12
三月三	14
孤独	16
生活的背叛	17
游牧岁月	19
一个人是独立行走的山河大地	21

第二辑　西域神游

那时候	25
汗漫	26
大梦敦煌	28

交河故城	30
火焰山	32
坎儿井	34
铁门关	36
和田之夜	38
梦寥廓	40
西域棉花	41
内陆河之王(节选)	43
喀什噶尔	45

第三辑　丝路驼影

丝路摇滚	49
大漠驼铃(节选)	51
博望侯	53
班定远	55
三十六勇士	57
塔克拉玛干	59
美人树	61
米兰遗址	63
克孜尔千佛洞	65
从龟兹到库车	67
芳草如玉	69
海子沿	71
大河唐城	72

必经之地　　　　　　　　　　73
孤城落日　　　　　　　　　　74

第四辑　边疆风物

苍茫天山　　　　　　　　　　77
薰衣草　　　　　　　　　　　79
月照楼兰　　　　　　　　　　80
胡杨　　　　　　　　　　　　82
梭梭　　　　　　　　　　　　84
帕米尔　　　　　　　　　　　86
奥尔德克　　　　　　　　　　89
天鹅湖　　　　　　　　　　　90
阿勒泰　　　　　　　　　　　92
大梦春秋　　　　　　　　　　94
行者　　　　　　　　　　　　95
草原　　　　　　　　　　　　96
路在何方　　　　　　　　　　97
永远的白雪歌　　　　　　　　98
又见北庭　　　　　　　　　　100
在新疆，以及更远的地方　　　102
春风中的马蹄　　　　　　　　104
雪夜寄北　　　　　　　　　　106
星星草　　　　　　　　　　　108
塔克拉玛干的火焰　　　　　　110

第五辑　天马行空

欧亚草原	115
很远的路	117
林中手记	118
九月黎明	120
纵马向西	121
天黑之前	122
青藏高原	124
青海湖	125
日月山	126
布达拉	127
喜马拉雅	129
朝圣	130
玛尼堆	131
草原石人	132
北方·南方	134
日出日落	136
巨灵	138
海子	139
草原之夜	141
太阳系	143
新晨	145
夕阳	146

落日　　　　　　　　　　　　　147
漫夜　　　　　　　　　　　　　149
如果爱,如何在　　　　　　　　151

第六辑　白露秋分

此去经年　　　　　　　　　　　155
风中猛禽　　　　　　　　　　　157
乡音　　　　　　　　　　　　　159
虚构一位情人,蝶舞天涯　　　　160
我的西部,我的马背　　　　　　162
蓝色赛里木　　　　　　　　　　164
抵达　　　　　　　　　　　　　166
在人间　　　　　　　　　　　　167
夜晚的村庄　　　　　　　　　　169
马兰路　　　　　　　　　　　　170
出行　　　　　　　　　　　　　172
远乡　　　　　　　　　　　　　174
春秋笔记　　　　　　　　　　　175
莫问归期　　　　　　　　　　　177
秋之冬　　　　　　　　　　　　179
倒春寒　　　　　　　　　　　　181

第七辑　多年以后

半坡遗址	185
岁月	187
如果	189
我和你	191
背影	193
过往	194
坦途	195
人际	196
日历	197
盛夏	198
思无涯	200
一个人	201
饥饿	203
十月	205
书香	206
单身	207
小径	208
窑头	210
歌唱	212
大地	213
牧场	215

第八辑　海角天涯

春潮	219
远航	221
在水边	222
人与神	223
燕雀与鸿鹄	224
爱的航帆	226
听涛	228
秋思	229
在乌镇	231
飞翔	233
带上灵魂和爱人周游世界	234
海洋	236
远途	238
生死兄弟	240
海角天涯	242
一入新疆诗情起	244
代后记　诗人的意义	248
段遥亭创作年表	255

从长安出发

—— 第一辑 ——

从长安出发

安远门外
一阵长安风
把你吹往西域边陲
那一年,三十而立……

披着人到中秋的薄风衣
三千丈丝绸,飘柔万里

塔克拉玛干,西部漫游
铁门关、龟兹、于阗、疏勒
与张骞、班超、玄奘,不期而遇
与西行的岑参马上相逢,拱手施礼

酒过三巡,月上达坂
就此道别,前辈先行一步
迟到的散兵游勇,留守纵深
我的血脉漂泊丝路旅人的灵魂

西路上

……启程那天
长安街,春雨成溪

原本想等待时机
于大唐西市,加入缓慢骆驼队
临了,仅有你自己匹马孤征

嘉峪关上空,云锦如练
亚心腹地,我在边城
钢蓝色雪山,耸入云天

那个名叫孙美霞的空姐
云髻高绾,倘若珠圆玉润
可媲美那倾国倾城的杨玉环
唉!金簪玉钗的贵妇,生死爱恨
牵扯一个雄伟王朝,摇摇欲坠……

如今,时过境迁
一个口无遮拦的远行者
人微言轻,语重心长

汉匈之间较量，双锋对峙
辽阔西域仰仗金碧辉煌未央宫
盛唐威仪四海，万国来朝
——那时长安盛胡风

故乡已远，旷野寂寥
一个随风飘荡的野男人
试图为自己秋意侵袭的命运
添一些温酒御寒的干柴火

河西走廊

一处古老山河
从前标注：匈奴右地
北雁南飞，萧关以西——
单于马蹄闪电，汉皇帝头疼不已
形同虚设的甘泉宫，危在旦夕

历史的摆钟——
需调试一个最佳点位
清除这一根（地理）致命突刺
必须汉武大帝操盘手铁腕　雄起

元狩年间，鼓角争鸣
天赐大汉双璧，彪炳千秋伟业
卫青、霍去病横扫漠北，彰显威仪
奠基河西四郡，为游牧之地册封域名

……岁月背后
一位来自长安的民间使者
于黄河岸边，谈笑饮马
这丝路咽喉、雍凉之地

前后南北又西凉,风生水起
西风、朔风、大漠风
吹不落列列驼影……

东来西往的贩夫走卒、求法僧
神奇的莫高窟,说不尽敦煌飞天
阳关道,舞伎身披璎珞,反弹琵琶
帝王将相,自河西出发,逐鹿天下
开辟惊天动地的人生版图……

苍生

对一个民族而言
青春的挥洒和宣喻
醉酒与狂欢,追逐和认知
"文章千古事,社稷一戎衣"

白衣少年刘彻之后
西进的硝烟渐渐消失……
古道西风,法显、玄奘、鸠摩罗什
今日凉州城,罗什寺,一枚舌舍利
诉说当年脚印、美好和青春

求法僧另一侧
河西走廊,晨风中
有一群诗人,远走他乡
一路题诗作赋,歌吟不断
用声律给大地贴上标签、命名
寻找一种叙事新视觉,开辟征途
他们带来别样的方言与风俗
他们的想象、漫游与书写
成为激情燃烧岁月的焦点与时尚

他们相信——
西部旷野,光荣与盛名
自觉天下兴亡,匹夫有责
毅然西出阳关,渴望建功异域

我们和古人一样
迎着——
清晨的太阳,黄昏的悲壮

出塞曲

光阴里的骑手越过西草地
那些生于毡房的孩子
会说话就能歌善舞
会走路就牵马坠镫

那匹待命的黑骏马
凝望身边的骑手,昂首嘶鸣
而后静立,纹丝不动

老马识途,它认知——
你是北庭都护麾下一名尖兵
暮色中,你披着星光破译马语

汉家大将西出征
披星戴月,天马萧萧
前世欠我一次呐喊与冲锋

玉门关

一堆黄沙筑起塞外小城
坡下——铺开
一条中原通往西域邮驿之路
牵引一条通天大道——东来西往
站在历史背影的墙头与角楼

北望长城,龙游瀚海
俯仰远山,天际苍茫
唐诗里屡屡出现的玉门关
商旅络绎的遗址,模糊难辨
海市蜃楼,隐约敦煌飞天……

昔年麦粒、毛笔、砚台与织锦
足以复活——秦风明月汉时关
诏书、奏记、檄文、律令、药方
一组丰富的汉简,扑面而来……

2020年9月3日于乌鲁木齐

马蹄汹涌

朔风呼啸
深秋,天空一抹黛蓝
夕阳踏浪,令人如此沉迷而向往
大地如鼓,马蹄汹涌
暴风雨掠过远方草原

出色的骑手,是一只雄鹰
跃上马背,飞奔深远的苍穹
草原上的牧民不知年老
他们的一生,只有活与死
如果有一天上不了马背
就承认失败

喧嚣的城市使你忧伤
河流那么枯涩,看不到生命浩荡
听不到欢快溪流,打着漩涡……

回到草原深处,俯首帖耳
雪峰连绵,高山如浪,花语草香
美丽的姑娘,像羚羊一样

你听——
马蹄蹚过河的声音

2021年2月17日于乌鲁木齐

三月三

三月的天气,蔚蓝而金黄
胡桃映衬,山茱萸一片洁白
阳光从葡萄架上缓缓　升起
轻轻的光亮中
葡萄卷须和嫩芽
活像你柔美披肩秀发

日出日落
多么欣慰而质感的忧伤
日出东海的朝霞,苍凉而寥廓
西地平线上的落日,瑰丽而惆怅

脚下的大地,由灰色渐次淡紫
最后像晒干的玉米壳,橙红黑褐

当年——
一个人远走大漠孤烟
往事失散于古道西风　巴音河

中秋之夜,我在冷湖油田

回溯20世纪90年代的渭北小镇
你齐耳短发羞涩忽闪的黑眼睛
叶落窗台——枕边吹过柴达木的风

小城德令哈灰色山崖上
遗落一群神秘难测的外星人
春临三月三,写下柴达木诗简

孤独

孩子
你一天天长大
失去童年的快乐
疏远了逗笑、学鸟叫的爸爸

人群中
那个懵懂的男孩
伫立如一匹小马儿
蹄声怯生,试着走一条陌路

你推出小船,拿起桨
向着浩荡的水面用力划行
出了溪口,绕过湖湾
仿佛另一个世界,神秘而辽阔

一个漂泊天涯的孤儿
进入一个虚无缥缈的幻境
人生忧患抛于身后,希望就在前方
你沉浮在一个没有时间的虚空
有些故事已经结束,有些欲望正在发生

生活的背叛

你不再是那只呦鸣小鹿
长大后,你会明白
这个世界是怎么回事

生活纷繁而又安逸
人心似海
生活让一个人崛起、坠落而伤悲
风雨中,你要点亮一盏马灯

总有一天,童年会弃你而去
英雄与美人,暗自寂寞
你挑起生活,继续奔波

世间万物,各得其所
有人独木成林,一鹤冲天
有人随波逐流,有人原地踏步

西部原野
谁家少儿与一只猎犬
并肩起步,跑过那棵白玉兰

成年的小鹿
纵身越过最高的栅栏
你未来的人生，远在天边

       2020 年 1 月 31 日

游牧岁月

流浪者心灵捍卫自由主义
马背民族向往水草,无视边界
可汗手中的响鞭——指向未来
他们是背离、变迁与幻想的流浪者
那些执着而不知深浅的梦游者

带着心中的爱,唱着动人的歌
把向往当作一个比喻,与之同行
流浪者带着潜伏的梦,游牧岁月
幻想成为一个自以为是的艺术家

游牧者并非刀耕火种的原住民
他们是血性的追求者,而不是保管员
梦想或许错误与痛苦,然而你要——
踏上自我解放的道路,通向自己的雄心

我敬重那些成功者,却不会盲目崇拜
更不会枉然嫉妒,听信市井流言……

游牧人是一捆神经、骨骼和肌肉

游牧民心中养着——
一群桀骜不驯的野马

2019 年 7 月于巴里坤

一个人是独立行走的山河大地

一只鸟穿过林间绿风
一条河超越艰难险阻
走过偏僻村庄、野地与坟墓
一条小路通往城市与未来
路过爱情、宫殿、监狱和工厂

——西部漫游的日子里
铁道、棚户区、流浪汉、垃圾场
夜深人静,牧人、帐篷、马群、牛羊

雨后彩虹,西边的天空
阳光灿烂,在交河故城
纵深——缥缈的海市蜃楼
那蓝色王妃,凌波微步
长安的汉唐使者,一身风尘
那些农耕桑麻的民众,流年故乡

沿着大地的台阶,孤旅天涯
远赴喀喇昆仑,山高路远
想起梦中那人,连绵的西草地

我要躺在温热的沙丘上,好好歇息

我的血管里流淌——山河大地
江海湖泊飘荡——不羁的灵魂
你乘着天马流星,云游四方……

西域神游

—— 第二辑 ——

那时候

那时江山远阔
可以眺望和珍爱
那时月光朴素如风
可高举寄托怀想千古
那时候四季分明而清澈
苍生可以众声合唱

那时候,一封家书,蓬头垢面
足够累垮一匹马,跑烂十双鞋
那时候,丝路商旅,风餐露宿
揣在怀里的白银——实在而温润

那时候,天上鲲鹏展翅,凤凰传奇
人间浪漫豪情,志士剑客
他们背负忠义和信诺
那时候,民风淳朴
一睁眼就知道天良犹存
所谓天下,其实是每一位苍生

汗漫

李白、杜甫、王昌龄
他们宣言青春昂扬的人生
高适、岑参,不愿埋头宫殿朝堂
自锢于内讧和权术,分心于茶艺歌舞

霜雪和烽烟召唤勇者前行
朔风沙尘挡不住追逐与梦想

那些铿锵凛冽的高歌——
在后世岁月,成为旷达的传说

唯充盈挺拔,可参天锦绣
丹心汗青,身怀雷霆万钧的脊梁
他们视野辽阔,凌风高蹈
他们唱着白雪歌,把慷慨献给沧桑

燎原和赤裸,荒蛮和富庶
杀戮与生机,艰辛与成就
横亘在每一个打马西去者面前

烟尘飞扬的丝绸之路,并非偏远荒弃
它从来就没有离开民族记忆……

大梦敦煌

敦煌——
一盏照亮历史的天灯
河西走廊,丰美的粮仓
以自身蜿蜒,书写文明的真迹
丝绸之路,吉光片羽,俯拾皆是

敦煌不止一座莫高窟
东西方文化交流的枢纽
大梦千古的"文化首都"
历史、地理、军事、贸易、宗教、民俗
亚欧腹地,一处文明制高点
标榜华夏民族精神缘起和根基

尘封千年的瘦马驼影
枯干脊梁撑起一片浩瀚
期盼乌云散尽、重整山河那一天
用流沙坠简的诉说——
闪现昔日的呼啸与杀伐
用纵贯千里的旅程与深情
结交邻邦,吁请和平与共赢

莫高窟写满祈祷与愿景
除了海鲜,你沿着丝绸之路
可以找到世上所有壮丽的风景

一条辉煌大道,再生之旅
重开河西走廊,丝路闪光
一路向西,你可以找回——
一个民族不曾消失的少年与青春

烟尘席卷,冰天跃马
血没有变凉,梦依旧滚烫

交河故城

一座废墟荒城,人烟寂寥
仿佛一艘古船搁浅于岁月沙滩
是谁熄灭渔猎牧歌?
红颜凋零……烛光暗淡

原本偏安一隅
不想惹是生非——
风言风语的尘世,由不得你
双锋对决,刀光剑影的战事
让车师王寝食难安
墙头草的日子不好过呀
亡国失地,只是迟早一幕

吐鲁番,一盆洼地
火焰山,八百里热风横行
王妃的祈祷止不住风雨飘摇
一个弱小王朝缩水的背影
牵扯西域、可汗、汉武帝、唐太宗
以及那亦真亦幻的《西游记》……

作为龟缩防御性小城
沿街建筑一律不开设门窗
汉匈半世逐鹿,"五争车师"
烽烟、香火与经卷,喜忧参半
西北角墓葬区,悲悯者轻愁弥散

一个偏远城邦之国
夹缝中以小事大,苟延残喘

千百年后,太阳照常升起
古井依然有水,水清浅

临别交河,打开车窗
喝一口夕阳,安抚心慌

火焰山

这座寸草不生的荒山
是美猴王当年大闹天宫
犯上作乱、记录在案的铁证

——众神斗法
吐鲁番盆地,火势蔓延
古老西域,赤地千里……
神通广大的白龙马,望之生畏

这偏远荒凉地
一鼓作气,冲出忘尘谷

无所畏惧的挑战,力挫群雄
超脱芸芸众生,笑傲江湖

个性刚烈,雄视天下
打破青山绿水,傲慢与偏见
传说几个善变的妖精,死而复生

希望那铁扇公主,从良扬善

劝说那红孩儿,回头是岸
希望他们一家三口,早日团聚
种点葡萄、甜瓜,耕读传家

把旅途还给行者,让青春天马行空
地下的雪水仰视浩瀚……
人生没有过不去的火焰山……

坎儿井

这并非一眼寻常水井
这是先民智慧血汗的结晶
男欢女爱种族繁衍的生命线

往昔,挖井人
跪地掘进,一日三尺
冻土僵硬,地下阴冷无光
铁打的汉子,也扛不住风湿
后来者接力,仰望天山雪峰

经年累月,蚕食土层
当最后一镢头,感化冰川
绿洲孤岛迎来一条地下运河

西去列车
驰过苍茫瀚海
纵横漠野的竖井口
在大地上排列一组惊叹号

潜行阅世的坎儿井

沉淀着古人失落的梦

风吹流沙,驼铃悠悠
我和心爱的人在月光下
酿造一坛传世美酒,醉卧楼兰

铁门关

相比阳关玉门
你缺一点珠圆玉润
铁青色的名字蕴含重金属
美玉易碎,守不住天山之门

我不知古道西边
有无亡命之徒,悄然出没
袭劫过往的商旅驼队……
天下盗贼,敬畏西域都护神威

朔风无情
年代久远的山门早已废弃
铁钉散落、锈蚀,去向不明

中亚腹地,走过最后的骆驼队
孔雀河上游,博湖苇岸,风摆杨柳

野风吹不落力透纸背的边塞诗
先驱张骞,后继班超,取经的玄奘
铁笔银钩的岑参,好一组旷世偶像

天涯孤旅　　忽见
拄杖而行的新加坡女宾
远处走来一批德意志客人

月落乌啼，又一个经霜年轮
守望铁门关的小吏，孤老病残

倘若时来运转——
这些远道而来的虔诚者
可见埋藏于流沙的丝绸锦缎

2018 年 11 月于库尔勒

和田之夜

昆仑山北麓，一条和田河
滋润驰名天下的美玉城
玉养人，人养玉
穿越"死亡之海"的商旅，喜极而泣

和田之夜——
一群川陕男人，谈天说地
一家温州人开的 KTV，灯红酒绿
一群靓丽女子，能歌善舞
真希望她们凌风羽化，敦煌飞天

笙歌散尽，客人归去
你搓着发烫的额头，唏嘘感叹：
每个离乡背井之人，都是一本线装书
初冬的夜风，带走南疆上空几颗流星

同乡老刘侧身试探——
此行和田，有何感想？
你说：方才那个白衣黑裙
发髻高绾的女子，酷似初恋情人

只是,只是
她不该去乡万里
虚度年华,酒色侍人
沙漠之城,长安客辗转无眠

另一乡友侧身安慰:老哥——
大家都是为了生活,随遇而安吧
欲望与思想对峙,天使与魔鬼共舞

鸟鸣新晨,恍若前世来过此地
秋月如钩,石榴血红,驿路相逢
和田玉留不住你——你的心不在此岸

2018 年 11 月于和田

梦寥廊

今夜的五彩湾,苍穹万仞
白桦林间的行者,前程似锦

今夜,你在美丽华酒店八楼
举杯消愁;今夜,歇马下鞍的旅人
在额尔齐斯河畔,抽刀断水……

准噶尔的流云啊——
我想搭乘你的游轮,访问星云

跋山涉水,追逐你孤帆远影
这喂养冷水鱼的长河,手感太冰
坐在一堆篝火旁,做了三千年幽梦

一只化蝶的萤火虫,临风起舞
一棵硅化的胡杨,凝视苇丛

抬头一望,这浩瀚北疆
在银河下游挂起一轮上弦月
酒家曼娘点一盏诱人的红灯笼

西域棉花

你终其一生
所有勤奋,超不过两米
绿叶听从紫红色鼓励,一鼓作气
面带羞涩的白花、黄花,纵情怒放
即使明日凋落,情愿奉献一身萌果

你从亚洲故乡,远走高飞
成为一种"改变世界的植物"
在异域欧美,你被那些高鼻梁白种人
以好奇的说法誉为"树上羊毛"

塔里木盆地,吐鲁番绿洲
和田民丰,你藏身于东汉年间的古墓
粗朴的布裤,蜡染的手帕,惊世骇俗
高昌国"多草木,草实如茧……"
古老的汉文字,记载你显赫声名

你比不上木棉花开浪漫缠绵
你是草本世界的民间精英
绵里藏针的个性,走出蒙尘的《宋书》

在西域大地,落地生根
你在兵团大农场,遍地逶迤
一夜之间,边城石河子享誉天下

你色泽自然,质地柔软
于无声处,胸怀一团蓝色火焰
西域神游,瀚海绿洲
赶花的养蜂人,山一程,水一程

雨过天晴
折一根棉枝赠予佳人
续写天涯芳草人不老的传奇

内陆河之王(节选)

山高水长,川流不息
对鱼来说,江海是天堂
边陲之地,河流是喜悦的琼浆玉液

塔里木河,王者之水
超越死亡之海的洪峰
荒野之上,爱与梦的圣灵
塔里木河陪伴古老西域文明
于瀚海之中呵护绿洲家园……

人生有志,江河有道
塔里木河崇尚理想之旅
天边内陆河,纵横际涯的王者
群峰连岳;一滴水,一颗珍珠泪
帕米尔高原,冰雪凝聚生命线
绝域之水,天赐塔克拉玛干的乳娘

——春临边陲
塔吉克人宰杀公羊——祭河
引水节:孩子们欢呼,女人们庆贺

喝过水的沙漠,胡杨不死,绿洲丰茂

塔里木河,一支任重道远的水师
每一次出发,如天神下凡,万马奔腾
农庄炊烟,彩云嘉禾,祥瑞绵长
命途多舛的内流河,一言难尽……
盆地、潜流与消失,是既定的命运

信仰的巨龙,泽被苍生
每一朵水花,浪迹天涯的梦
雪青色气质,呵护长绒棉
胡杨、芦苇、红柳、梭梭、骆驼刺
是你忠勇双全的"五虎将"

喀什噶尔

这世界变化太快
转眼就是 2019 年年尾

那夜,央视新闻联播报道
某某一线城市,智能机器人
可代替医生为患者手术……

万里之遥,天涯孤旅
你追着驼影,歇脚喀什噶尔
古城老街,时光缓慢的铁匠铺
烟火,铁砧,戴花帽的民间艺人
低着头,叮叮当当,一丝不苟
打造纹饰精美的铜壶与马掌……
那些传统守旧的手工作坊
看上去虚幻斑驳,却如此真实

春临天山,伴随候鸟之恋
吐曼河边,沙枣花星星点点
香妃墓旁,玫瑰与石榴比翼双飞

一个西部行者满面风尘
在高科技与纯手工的夹缝中
左顾右盼——不知何去何从

       2019 年 11 月于喀什

丝路驼影

―― 第三辑 ――

丝路摇滚

古道,西风,天净沙
一匹千里马,十万双峰驼
足以横穿瀚海、绿洲、塔克拉玛干

春花秋月,敲打一面牛皮鼓
胡天胡地,探一条苍茫之路

烟尘处,你看那——
丝路商旅,逶迤欧亚
胡姬羌笛,虔诚的求法僧

风吹秦汉,东方民族崛起
缫丝养蚕,丝绸服饰飘逸而绚丽
龟兹古渡,走过西域屯垦戍边人
驿路客栈,牛肉、奶茶、葡萄酒
鹅毛飞雪断肠人,红袖添香洗风尘

今夜把酒言欢
陪你逛遍大唐西市
明晨饮马交河,楼兰故事

马背上的光阴

远山天寒,胡风汉韵
又见于阗、莎车、疏勒国
撒马尔罕的金桃,罗马帝国的金币

大漠驼铃(节选)

一句"大漠孤烟直"笔锋太重
时光散却,留不住长河落日

苍茫西域,瀚海云飞
驼鸣千里,打磨一面雕花青铜

天山之夜,一位超凡脱俗的侠女
铁画银钩,倒悬一幅冷峻水墨画

一队奇装异服的波斯商人,披挂勇毅
赶着马匹、骆驼,从大唐西市、东都洛阳
甚至更远的江都扬州,水陆兼程
驮着绫罗锦缎、茶叶、瓷器、宣纸
背负功名利禄,赶赴异乡征途……

这一走,经年累月……
这一去,音讯渺茫……

如此缓慢而虔诚的商旅
养活一条无中生有的丝绸之路

日子如此颠沛,转眼已是霜冻
在玉门关外,繁华城邦,寻一酒肆
围着一位美貌胡姬调笑取乐,毫不为过
烛光灯影,醉卧处,春花秋月……

夜长梦多,风沙弥漫
这支商队或许看不到明年中秋
双峰驼因地制宜,物竞天择——
商帮大掌柜心中爱与梦,不要坠落

重阳节过后,突发奇想
在达坂城古镇置一块荒地
筑一座"世界丝绸之路博物馆"
叩问关山,捡一把磷火烧过的遗骨
复活九千九百九十九峰骆驼的魂魄
脚下铺着一地黄沙,风中挂起三千驼铃

秋风孤雁,红柳飞蓬
西戈壁深处,惊醒一阵褐色驼鸣

博望侯

——汉水左岸
一个叫张骞的英俊青年
主动请缨,手持符节,长途跋涉
首次用脚丈量河西走廊
踏勘,受难,餐风露宿
迎接英雄主义的成人礼

十三年任重道远,死里逃生,不辱使命
像一枚尖锐钢针,刺破未知的天幕
竭尽一己之力,寻找远方的地平线
为大汉开疆拓土,完成"凿空"之旅

一普通郎官,披荆斩棘
一鹤冲天,树立外交大臣新标杆
——居功至伟,千秋汉马
河西走廊见证浪漫主义壮美年华

——世间没有白走的路
你敢为人先——打开世界之窗
古老西域洒满东方文明之光

博望侯,生逢其时的探险家

声誉如虹,不负众望的拓荒者

班定远

——少年心事当拿云
你投笔从戎,开启命运独立之路
向西突进,顶天立地,须文韬武略

远离洛阳,使命艰难
苍茫瀚海,漂泊一叶孤舟
虎穴狼窝,开拓根据地谈何容易
稍有不慎,死无葬身之所

经略西域,沉重而宏大的国家叙事
火焰喷涌的青春期,震撼天地
刀光剑影,飞沙走石,梦里功名
英雄路坎坷,凯旋门遥遥在望

西天山、莽昆仑,群峰连岳
一支猎猎远征的先遣队、轻骑兵
衔命出征,血勇骨气捍卫不世之功

日落边陲,西天流云
你告老还乡,东归长安

定远侯英武！当之无愧
功勋卓著的"联合国秘书长"

三十六勇士

这一队彪悍猛人
坚硬而绝非等闲之辈
他们在娘胎里就不安分
他们在襁褓里就跃跃欲试
他们并非养尊处优的贵族后裔
一群特战尖兵横空出世,王师精锐

好汉坡凝聚一根长缨
你看那——咸阳塬上
儒将从军行,初试锋芒
河西重镇组建一支飞虎队

代理班司马,运筹帷幄
斩楼兰,收于阗,降疏勒
孤军深入,擒贼先擒王
疾风之刃,畅途清理绊马索

千年之缘啊
在下匹马孤征
来到喀什噶尔盘橐城

与三十六勇士,劈面相逢
烟尘处,金戈铁马,宝刀不老

三十六道闪电,激光雄奇
三十六根砥柱,坚如磐石

丝路通畅,使者往来不绝
天下太平,先驱者醉卧沙场

此去经年,看烽火狼烟
功泽后世,壮士的灵魂从不衰老

2019 年 11 月于喀什

塔克拉玛干

带着白天鹅的微笑
带上阿布拉的馕饼、矿泉水
塔克拉玛干地旷人稀,以防不测

这死亡之海并非冷酷无情
罗布人村寨有一处桃花源
绿洲、香梨、棉花,红枣甜美

218国道,牵手天山、莽昆仑
从张骞、班超、玄奘到李希霍芬
斯文·赫定、斯坦因、伯希和、彭加木
多少过往商旅、探险家,前赴后继……

孔雀河芳名,柔情万种
留不住楼兰王妃,红颜薄命
轮台胡杨林,韵绝色美

一个人的征途,也有黄昏
高亢的领头雁,飞过芦苇荡
浩瀚塔克拉玛干,超度远行客

美酒佳肴,异乡人的安魂曲
打点行装,明晨一路风尘
民丰西去,野骆驼,一群外星人

孤寂的沙漠公路,默默无言
沧海桑田,浩大历史地理博物馆
星罗棋布,人类生死繁衍的流沙河

我想赶日落之前
破译一组史前文明之谜
用墓穴出土的草篓、麦粒与陪葬物
研制一味"复生还魂丹"
唤醒楼兰美女、小河公主灵与肉

2019 年 11 月于且末

第三辑 丝路驼影

美人树

我听见你裙裾窸窣的声音
你心潮起伏,呼出馥郁的香气
你的微笑,顾盼生辉的眼神
——驱散日夜兼程的疲惫
古希腊灵地迁徙而来的文艺女神
飘逸的金发拂去心头的风尘

我在你面前是一个无名英雄
你在我心中是太阳系家族的姐妹
带着无限活力,从荒野出发
沧海桑田的变迁,三生三世

我想在此搭一间小木屋
与你厮守年年岁岁
请接受迟到的敬爱与相逢
哪怕繁华落尽,红尘遮蔽

我们有旷世绝代的胡杨之恋
我们与穹庐瀚海,朝夕相伴
百折不屈的塔里木内陆河

与你相依为命,饮水思源

辽远奔放的西部民谣
传唱风中奇缘,悲欢离合

米兰遗址

——此去若羌
途经"死亡之海",小心翼翼
驿路午餐,牛肉面馆老板谈笑风生
"那里的太阳嘛,是红的;
那里的枣子嘛,当然甜得很"

昆仑山巅
秋阳折射远古的光芒
烽燧、佛塔、民居、灌溉渠
魂系绝域,似见往昔繁华

西路上的远行者
雇一峰脚力强健双峰驼
历经艰险,抵达米兰王国
在朝阳的果园摘一篮秋枣
听一首高亢激越的西域民谣

跟随高僧法显西去天竺
在子母河边购置田产
做一名随遇而安的戍卒

你红颜明眸,迷幻旅人

我出阳关,西部漫游
流沙之上,红柳斑驳,梦断天涯
废墟之下,风化的骨殖,自言自语

荒凉寺院,何处经卷
荒野废墟,生发一缕佛光

2019 年 11 月于若羌

克孜尔千佛洞

烽燧熄灭,逝者如斯
岁月的马车,吱呀作响
远去的先民,智慧超人

崖山壁立,虔敬者凿空佛窟
远道而来的粟特商人、汉唐使臣
在此相遇,拱手施礼,盘腿而坐
开怀畅饮,酒肉穿肠过,佛祖心中留

山高路远。我想迷途知返
在十六佩剑者窟,做一龟兹供养人
故道沧桑,壁画精美,阅尽人间苦难
工笔娴熟,草泥之上,一面故事的海洋

……东汉年代的佛教
越过南疆的深秋,传入中原
那时,木扎提河,雀尔达格山
迎来西域高僧、信徒和商旅眷顾

清晨,年幼的鸠摩罗什随母出家

这皇室贵胄,龟兹通灵智慧之子
毕生倾注东方佛教,译著经卷
听说后来破了戒规,结了尘缘
想必一代高僧,也有难言之隐

山下参天白杨,生一双慧眼
到此为止,了却人间恩怨
在老榆树下,皈依佛门……

第三辑　丝路驼影

从龟兹到库车

我当然知道——
龟兹遗址不可能繁华如初
我想找回对峙光阴的王城幻影
一只流浪狗面带愁容,徘徊香梨园
白杨树荫,遮不住冬小麦……冒险越冬

龟兹古渡,漂泊一位长安客
库车河右岸,一辆卖菜毛驴车
故城遗址的荒凉,超出你的想象
库车饭店富丽堂皇,激荡人生热望

班定远都护西域那些年
无数商旅驼队,从长安出发
大漠孤烟,去往遥远的撒马尔罕……

你的心湖,荡漾丝路花雨
绿洲晚会,痛饮一坛银班超

千万匹东方丝绸
铺排一张故地重游路线图

青春季穿越天山廊道
遇见汉唐盛世猎猎旌旗风

雨后天晴,我和你
在库车"小白杏之乡"
沉醉龟兹歌舞,大梦春秋

2019 年 11 月于库车

芳草如玉

一定是上苍眷恋
如此荒寒边地——
水草丰美……匈奴奔马

你走过西部原野
在巴里坤游牧岁月
猛禽盘旋,天山飞雪
绿风吹过苜蓿地,牛哞羊肥

夏夜的流星点亮一堆篝火
用草木香煮几杯奶茶
姑娘唱起——黑走马
阿肯弹起冬不拉……

巴里坤湖,哺育田野文明
潮湿的遗址,出土灰烬与骨片
烈日酷夏,猜想古人、爱情与炊烟

缩水的野葡萄,比不上马奶子
草原如玉,露珠凝结绿翡翠

流逝的青春,珍贵且忧伤
羽毛状的彩云,瑰丽而渺茫

海子沿

一群西北大学考古实习生
一些农民工,烈日下挖掘
远古先人遗留的人生密码

我不在乎——
他们归属哪个部落
晴朗的天空电闪雷鸣
古人类寄托了苍生心愿
蓝色湖水超度善良的亡灵
马鬃、流苏、云锦,妖艳胡姬

残雪消融,爱是生命唯一慰藉
探春的衰草,熄灭的火盆,温暖遗民
昔日,那匈奴王庭八面威风
——你看汉家大将西出征

三千年岁月,悠远而苍凉
北斗、松涛、白花花的太阳
浩荡湖波,滋养原住民的乳娘
青铜时代,农牧渔猎,失落的民谣在何方

大河唐城

土城坍塌,大梦寥廓
眼景一片荒凉,周遭空茫

光阴蒙尘而久远
开疆拓土的日子
想起来让人心慌而敬仰
嗜血成性的野蚊子
啃噬泛着磷火的骨殖
如冷面刺客,冲着活人疯狂

那些驻防边塞的伊吾军
家书难寄,劳战成疾
边陲筑城,厉兵秣马

冲锋呐喊,散失撕裂的碎片
辽阔而硬朗的巴里坤
收拢孤绝的历史背景

来一场猛烈的暴风雨吧
恢复一座荒城的生机与活力

必经之地

巴里坤啊,巴里坤,传说中——
突厥的"虎湖",蒙古人的"虎爪"
封常清一把宝刀留在北庭都护府

我骑着一匹伊吾马穿越东天山
与最后一个游牧匈奴,握手言和
乾隆年间丰收景象,兴盛一座大粮仓
这用武之地,平定准噶尔的大本营

雨后彩虹,兰州湾彩云追月
花开花落,山沟里往来陕甘客
那一夜,西黑沟月朗星稀
你看见野马、黄羊——
突然间冲出古岩画

赶路的兄弟气宇轩昂
西部漫游不可错过巴里坤
绿风涌浪的西草地,马鸣秋香

孤城落日

西风寂寥,落日荒凉
一列远征军,何其悲壮
戍边屯垦者,汗流浃背
天边的麦田,饱满的向日葵

战争结束,伤残者已无力返乡
(殉难者应得到一笔抚恤金)
渭河中下游老村地理
孤独忧伤的遗腹子……

废弃的土城——
一个空前绝后的感叹号
活着的生命,绵长不息

霜降不久——
你踏上东归长安的旅途
天山北道回荡苍茫的白雪歌

2019 年 7 月于巴里坤

边疆风物

—— 第四辑 ——

苍茫天山

游牧者的乐园
雪青色故乡
傲然盛开一朵红雪莲

鸟鸣与山花暗送秋波
哈萨克毡房与白云攀了亲缘
彩蝶追随赶花养蜂人,夫唱妇随
牛奶炊烟,爱情马车,鹿鸣溪岸
王妃与城堡,驼铃与征途……

苍茫天山
西域大地隆起的脊梁
一部气象万千的多语种线装书
沙漠、戈壁,天赐的封面
绿洲、荒原,精美的插页与背书
塔里木河,激荡行云流水的推荐语
一个西行者经年累月,填补一处空白

苍茫天山
一个冷峻的思想家

马背上的光阴

一个光芒伟岸的巨人
一个宽厚而仁慈的神启
群峰连岳,银色桂冠与披风

薰衣草

几经辗转
这些来自普罗旺斯的"植物移民"
在伊犁河谷找到理想的栖息地
在雪山脚下,白杨林边
编织芳香迷人的锦绣花毯

一身纯正的色彩
蓝得发紫的风之韵
我爱的人来到伊犁河畔
薰衣草打开蓝色抒情新纪元

十里花香,一路欢歌
你是令人神往的"茜茜公主"
蜜蜂昏昏欲睡,蝴蝶自惭形秽

你这草根阶层的精英
迟到的花期低调而谦逊
热烈的夏天,奔放而明丽
你一枝独秀,芬芳了岁月

月照楼兰

你有花一样的名字
你有谜一般的福乐
风中的神话,不老的传说

那时候——
阳光亮堂,尘土飞扬
远行的商队在此接风洗尘
领队的大掌柜侠骨柔情
眼热心醉,丝绸馈赠心上人

那时候——
月照楼兰,歌舞升平
烤肉、美酒与瓜果,应有尽有
琳琅满目的博览会,惊艳高邻
那时童叟无欺,西出阳关梦飞飞

那时候——
古道热肠,天净沙
火焰与泉水迎送商旅
那时,草原如玉,姑娘如兰

那年代,西域风情,马戴铜铃
驿路天涯——四海之内皆兄弟

胡杨

这死亡之海
仿佛一个古老战场
向死而生的胡杨,古老英雄树
历尽人间沧桑,绝唱而怒放
枯木逢春,续写无言的悲欣集

一只孤鹰,飞过雪山之巅
西域三十六国,已是尘埃落定
王者不再的散兵游勇,独辟蹊径

一粒沙、一块玉,隐约一个亡魂
汉唐年代的古道,斑驳而辽阔
古典而现代的落日,缓步
渔猎部落、农耕家族与游牧之路

阳关、轮台、塔克拉玛干
凝聚一卷泛黄的牛皮书
大漠胡杨,一组坚硬的感叹号

苍穹之下——

一个壮怀激烈的少年
匹马孤征
血与火的边缘
心有不甘的梦游者,渐行渐远

梭梭

风沙肆虐
这貌不惊人的物种
有极强的抗逆性
这瀚海绝域顽强的战士
缓慢生长
成为一个无名英雄
花期短暂，习惯于野性荒原
于困境中寻找生命的真知灼见

不修边幅的造型
像个长途跋涉的流浪汉
一头蓬发，满面尘灰
看似原地踏步——
其实，这出身苦寒的孩子
已走了遥远的路……

在荒野中，与鸟共鸣
铁一般的气质，独立特行
心志坚毅，对峙海枯石烂

无愧于"沙漠卫士"的殊荣

2021 年 10 月于长安

帕米尔

一

万山之祖——帕米尔
这冰山上的来客,苍莽而雄伟
西域年代的葱岭,丝绸之路的门户

在这里,日出日落是一件大事
高原的阳光,慷慨而吝啬
闪电追风的骏马,与日月并驾齐驱
塔吉克人摘下太阳,做一面手鼓
敲打出声调、节奏与光芒……

雄鹰飞过天空,太阳走远了
大山压住的泉水,清冽而珍贵
一个随遇而安的种族,游牧岁月
他们用手鼓拥抱大地,用鹰笛占领天空

帕米尔内热外冷,铁骨柔情
塔吉克人快马加鞭,迎接新晨
眼看"高原之舟"送走一卷落日

遥远而瑰丽的地平线,迎来一支骆驼队
生命中的过往,不想这样空着……

他们男婚女嫁,潮起潮落
他们崇拜太阳,祈祷光明
他们是——"离太阳最近的人"

其实,太阳离他们很远
桑麻、烟火与孩子,就在身旁

我到过阿图什、喀什噶尔
帕米尔不会忘记虔诚的长安客

二

慕士塔格——冷酷的山神
凭借穹窿造型一幕坚冰
铁石心肠不为红尘所动

那些崇尚极限运动的好汉
从山下的大本营陆续　出发
一个生死相依的友好团队
脚踏实地,步步惊心

历尽风暴、雪盲、冰裂隙

欢呼冲顶那一刻,喜极而泣

慕士塔格——这冰山之父
不会放纵任何一个敢于挑战的后生
他板起生硬的面孔,笑傲江湖

三

夏秋季是登山窗口期
数以百计的攀登者汇聚营地
多彩冲锋衣联结一根纽带

或许,他们没有高深学问
攀登破解了至高无上的难题
他们被风雪冻裂的鼻脸那么黝黑

攀登者向上的精神抵达巅峰
当燎原牧歌点亮万家灯火
他们如释重负,回到人间
天山北坡绽放几朵红雪莲

他们是人群中飞出的鹰
他们是腾云驾雾的风
遇难者长眠于冰山
云彩上的雪弥散安魂曲

奥尔德克

并非所有纰漏都是坏事
"野鸭子"奥尔德克是个幸运的功臣
遗忘在沙漠中的铁锹是一种暗示
这机智勇敢的罗布人如有神助
——帮斯文·赫定揭开楼兰之谜
探索发现,使中亚文明史再现辉煌

出生入死的奥尔德克
楼兰故城的遗腹子
惊世骇俗的"掘墓人"
沙漠中一名先知预言家

现如今——
这久经风霜的老向导
已回归南疆荒野胡杨林
再也不会张开粗壮的手臂
阔步走来……

天鹅湖

崇山峻岭——
挡不住凌空高蹈
山光岚影,琅琅的进行曲

巴音布鲁克,远上寒山
神之鸟风花雪月的伊甸园
夏秋的恋爱,匆匆流逝
忠诚的伴侣,舍生忘死,海誓山盟
爱人眼里,生命的火苗熄灭暗淡
沉重的翅膀遮盖冰冷的身体
修长的脖子,扶起无力垂落的头

衰草无边,西天流云
凄婉的哀鸣,如泣如诉
你要用情歌挽留爱人
铭刻一段天涯绝恋

……暮色苍茫
牧道上走过一群黑头羊

明年春夏——
天鹅湖会诞生新的爱情
一见倾心的相思鸟,比翼人间
草原如玉,九曲十八弯,秋水长天

阿勒泰

金山银水,耀眼的别名
白桦林之上,银质友谊峰
高海拔阳光稀薄,不比江南

额尔齐斯河,一个流浪的传说
冷水鱼和人一样,生死爱恨
云影无法留步,河床放缓语速
致敬游牧岁月的马背民族
人生如梦,草木春秋……

额尔齐斯河——
博览群山的学者,独自蜿蜒
阅历喧嚣与落寞,从善如流
一袭雪青连衣裙,风格清丽

你看那五彩湾落日
哼着蒙古长调,天涯浩歌
精美的石头,自圆其说
此去北冰洋,山高路险
一条智慧之河,珍惜自我

风雨带走了牛马与驼鸣……
转场途中,总有一些失落的羊羔
山谷深处回荡着母羊揪心的哭喊

2021 年 10 月于长安

大梦春秋

虽无亿万家产
却梦想在西部旷野
干一件前无古人的大事
不为惊天动地,只是一往情深
沿着博望侯、班定远他们开辟的路
披挂出征,十里一长亭,走到九月九
沿着河西走廊,在风中挂起鲜艳的红灯笼

一路向西,星星点灯
照亮海市蜃楼、阳关白雪
温暖天涯路上的远行者
浩瀚银河,边关冷月
抚慰汉唐年代的丝绸与烽火

我想用一盏神灯照亮夜空
而后,买一坛酒泉陈酿
独坐嘉峪关柔远楼
数一数风云和北斗星

第四辑　边疆风物

行者

我知道
西行者有一颗雄心
只是缺少——
玄奘法师的执着与信仰
你有孙行者的执着与性格
遥不可及的征途,远在天边
要么腾云驾雾,要么天马行空

人生苦短,出身贫寒
塞外的秋风刚一起步
天山草原就白了少年头
喝完桌上这杯伊犁特
你就拥有英雄本色
虚构一位蓝色情人,蝶舞天涯

草原

你看——
夕阳壮美而饱满
额尔齐斯河畔　伫立
一匹气宇轩昂的黑骏马
天边金草地放大了它的剪影
西风吹散了它纷披的鬃发

草原之夜,暮归的马蹄溅出星火
不知贪嘴的羊群去了哪里

一匹千里马如果有了思想
它能撑起征途,穿越风暴
火焰驹仰首嘶鸣,烟尘弥漫

第四辑　边疆风物

路在何方

那年夏天
你仗着青春无敌
西出阳关，跃马天山

从汉武帝、张骞那一辈算起
尘土飞扬的丝绸之路已活了两千多岁
那些说话卷舌音的波斯商人，途经楼兰
"一带一路"班列汽笛轰鸣，风驰电掣

中秋之夜，我想起你的微笑
鸣沙山下的杨柳，水中望月

莫高窟壁画年深日久
藏经洞的经卷残缺泛黄
不知多少丝路驼影，跋涉万里
你乘坐高铁、波音737，自驾越野
还是走不完这条逶迤而雄伟的路……

这条阳关大道敦煌飞天
虔诚者历尽九九八十一难

永远的白雪歌

诗人文韬武略,雄姿英发
西域风光成就理想主义

从长安出发,两度出塞
"白发轮台使,边功竟不成"
名将高仙芝、封常清,兵败潼关
剑胆琴心的岑判官,望眼欲穿……

纵横驰骋的瀚海军,南征北战
大唐盛世的东天山,晴空万里
昔日庭州,田园牧歌,羊马成群

西大寺晚钟,随风"叮咚"
先生孤藤野树,访僧问禅
远行者生于忧患,有才无运
铁笔银钩,铭记将士军旅戍边

诗人心比天高,颠沛流离
诗人心胸开阔,风气昂扬
意境气势磅礴,慷慨激越

第四辑　边疆风物

光阴逝水,有家难归

诗魂衣袂飘飘,凌风高蹈……

又见北庭

西域边城有一处马料地
你看那苜蓿花开,紫气东来

古战场总是金戈铁马
从军报国免不了醉卧沙场

岁月流沙,古城坍塌
残垣断壁落下一缕大唐金辉
车师古道,西天流云
一阵穿越历史地理的飓风
遗留一座土黄色博物馆

塞外年年秋草衰
山那边,男婚女嫁
开疆拓土的英雄,一去不还
北庭故城
西出阳关者的大本营

多年以后
西行者漫游天山走廊

途经远方小镇吉木萨尔……

2020 年 9 月 23 日

马背上的光阴

在新疆,以及更远的地方

新疆是一处神奇的向往
绝非形而上学的黄沙漫漫
"口里人"异想天开,遍地牛羊

瀚海孤寂,需要绿洲点缀
倘若你我,两情相悦
就会瓜果鲜美,酒肉飘香

明年夏秋,你远道而来
天山深处萌发一朵红雪莲
云朵飘过黑松林,雏鹰展翅

在向阳坡,租一户牧民的毡房
你可以靠着拴马桩,闭目遐想
喝一碗阿迪兰的奶茶,望云思亲
看羊羔跪乳,姑娘歌唱
雁鸣雪峰,那少年马蹄生风

我的蒙古族朋友哈西艾尔登
在巴音布鲁克,放牧一群黑头羊

日落长河,燃一堆篝火,温暖寒夜

嘉峪关已远,星星峡披风孤立
高铁疾驰的窗口,有一只蓝玉腕
手指罗布泊上空的野鹰,自言自语:

"西域王子,你要在塔克拉玛干
——为我采一朵春天的野百合"

春风中的马蹄

一匹天山野马
撞开春天的草原

花儿与少年,追风扬鞭
雪岭逶迤,牧歌辽远
玛依拉姐弟清点越冬的羊群
我在朝东的窗口,眺望一江春水

一匹老马低语,荒原寻觅
寂寥的风挡不住孤独的马蹄
除了鞍鞯、辔头、马镫与流星
空旷的马背一无所有啊
它走过汉唐年代丝绸之路
月光陪伴远嫁乌孙的解忧公主

丝路驼影,马蹄流沙
夜光杯里盛满葡萄美酒
绝世楼兰王妃,随风凋零
南疆生发和田石榴、喀什无花果

马背载不动历史尘埃
每一次迁徙就脱一层皮
千万里,东奔西走
命中注定颠沛流离

长鬃纷披,鼻孔喷出热气
扯三尺丝绸,温暖冰冷的马蹄
绽开你的微笑,来一次老骥伏枥
春风浩荡,身后的马儿奔腾雄浑
许一句诺言:西边的草地,流云飞奔

雪夜寄北

冬至，边城乌鲁木齐
一场银绳般的雪从天而降
这信守诺言的精灵从不失约

这飘柔雪花适合女人和孩子
小狗在雪地上撒欢嬉戏——
心里一软，想起一段陈年旧事

名叫吐尔地的维吾尔族保安
与你寒暄
忽然想起一句广告语
"鹤舞白沙，我心飞翔"
今夜，闯关者歇脚何处

一长发女子　飘然而去
我的公主为何不肯随风降临

渴望上苍赠我一支如椽巨笔
穿越风景的锦绣文章，一鸣惊人
迎着新晨的朝霞，跃上马背

第四辑　边疆风物

在雪国绽放生命的自由主义

2018年冬于乌鲁木齐

星星草

一颗下凡的流星
点亮毡房里的旧马灯
云上猛禽巡游峡谷峰峦

山花烂漫的牧羊女
不能一辈子守着阿塔、阿帕
如玉的新娘坐在马背
西风传唱忧伤的出嫁歌

西域之夜,月光点亮星星草
篝火晚会,欢聚一场歌舞盛宴

那拉提啊,那拉提
你不敢再高了,小心
调皮的羊羔子飞到天上去
北山坡野蘑菇,淡紫金莲花
流年马道通往河边冬窝子

偏远牧场,游牧岁月的原乡
奔放的哈萨克牧民,与神为邻

阳光温暖,冰雪消融
为大漠荒原点播一阵绿风

塔克拉玛干的火焰

是何等神力
让沧浪退潮,海枯石烂
从而风蚀盐碱,流沙漫漫

躺卧的沙丘,一堆风化的雪末
塔里木,一个被爱情遗忘的角落
梦寥廓,塔克拉玛干,仿佛世界边缘

你听——
那长风呼啸,溶岩奔突
沉睡者就要苏醒
千锤百炼,一支先遣队钻探油脉
安营扎寨,暗夜里燃亮灯火

一群铁打的开拓者
身如赤铜,纵横苍穹
树立起惊天动地的感叹号
夸父追日,播火者自带温暖

"塔指"是一座大本营

钢铁烈阳,井架星罗棋布
沙漠公路,一根蜿蜒的紫春藤
一座座油矿如藤蔓开出的野菊花

天空倒悬一面蓝湖
好兄弟在塔里木挥洒青春
如果你想看人间沧桑
请跟我去塔克拉玛干
这苍茫瀚海盛产"可燃之水"

西气东输,千万里,气势如虹
死亡之海,大手笔,开辟新纪元
油泉奔涌,驱动车船、高铁、超音速飞机
可是人不能喝
焦灼的采油工
爱上一个不该爱的女人
沾满油污的毛巾,绕指相思泪

一粒沙含着一句童话
石油部落,"磕头机"黑色幽默
人生征途,过了一山又一山
塔里木地火,照亮茫茫夜空
你在荒凉边地,绽放辽阔人生

天马行空

—— 第五辑 ——

欧亚草原

这名字风情浪漫,气势非凡
丰厚汹涌的思想,人间万象
阴山、阿勒泰、天山、额尔齐斯
云朵帐篷,刀枪弓箭,篝火与狂欢

单于的马鞭指向哪里——
那里就是新的疆域路线图
东北崛起的辽朝,灰飞烟灭
耶律大石趁夜出逃,一路狂奔
破空而来,在中亚高举西辽王旗
历史长河,蒙元帝国掀一道巨浪
成吉思汗哟——草原上不落的太阳

马可·波罗跋山涉水,踏歌而行
西域之路,神秘东方,使其大开眼界
欧亚草原,山呼海涌,横无际涯……

每一株野草春花,荡漾一朵细浪
每一座蘑菇丘陵,耸立一座绿岛
每一条河流蜿蜒,激荡野性的血脉

马背上的光阴

云蒸霞蔚的峰峦,黛色曼妙的写意

万物生死轮回,托付于原野百科全书
万马奔腾,敲击大地的牛皮鼓,集团冲锋
游牧岁月的牧场,传播古老的民谣……

苍穹之下,群雄逐鹿
宽阔的胸怀,接纳每一位挑战的骑士
不识水性的"旱鸭子",也可纵马扬帆

不惑之年,你无师自通,跃上马背
人到中秋,已是层林尽染,东归长安
一个默默无闻的农家遗民
骨子里流淌鲜卑贵族的血脉

当短腿的人与长腿的马合二为一
山高水长,如履平地
只觉风声过耳……

很远的路

万能的白衣天使
请解除腿脚麻木的苦楚
我还有很远的路要走
不要病魔缠身,折磨与煎熬
不再吞咽药片、胶囊,腰椎穿刺

我要彪悍的人生,健美与欢畅
要听见草地上骏马嘶鸣,百鸟欢唱
我要拥抱垄上阳光,花朵芬芳……

"你的腹中有一千道光芒"
没有别的路标指向里程
秋风萧瑟,雪夜寂寥
你就是浩瀚银河的北斗星

2021 年 11 月于长安汉风台

林中手记

灰色虬枝——
坐卧豹子一家三口
忧心忡忡的母豹饥饿而憔悴
胆怯的小豹抱团取暖
小豹蓝白斑纹,一脸稚气
这是我见过最美的小兽
不要破坏它们野性的童年
真正的猎人——
不会捕杀那些无辜者

今夜,我们露宿林溪
头枕臂膀,仰望苍穹
松涛摇曳,闪跃一池柳条鱼

晚风吹笛,轻烟袅袅
仿佛去天堂做客
烟雾衬着星光,如轻柔的面纱
大人们闲聊,兴奋而深沉
应和着湿木头"哔剥"的爆裂声

活着多好啊
不管干旱、洪水或者风暴

希望那么一天
当我变成一个老头
天气晴朗的日子
就坐在树桩上
倾听你们打猎的声音

九月黎明

破晓时
狗比猎人醒得要早
薄雾站在树梢,不肯散去
似乎要抵抗太阳无情的撕扯
朝霞像熟透了的番石榴那样通红

世间任何事物都要　退场
这是一堵无人能够逾越的山墙
哪怕你用脚去踢,用头去撞
叫苦连天,也没有人倾听应答
经历灾难的人需要心灵安慰

世界上有足够的地方
让人类与动物栖居共存
吃或者被吃,残杀或者挨饿
自然永无止境,生息往复

夏日雨后,万物奔放,林间月晓
希望和爸爸一起,永远露宿野外
闻见小鹿啃食青草的郁香……

纵马向西

天亮了
你纵马向西
踏上一段征途

回眸遥望——
营地寂寥而荒凉
燃烧的火光化为灰烬
迷人的夜晚,因篝火熄灭而消散

良晨清新,大地蒸蒸日上
人间生命,因珍爱而温馨

天黑之前

天际黄昏
你把缰绳顺手一抛
信马由缰,让牧群随心快意

云影变幻,无穷无尽
夕阳无声落去,月华随风而至
人生光阴落花流水,西北风五到六级
一季过去,另一个季节,必将降临

雾笼四野
风在哭,雨在说
这是一个喧嚣而落寞的时代
宇宙洪荒,空旷寂静
调皮的孩子们不再喧闹

神啊……
终有雨过天晴
石榴花染红晨曦
碧野疏旷,红日晴朗

玫瑰色的黄昏
人间风景瑰丽而绝美
远行者一路向西……

2021 年 12 月 2 日

青藏高原

青春的垭口
你走出黄土,告别农耕
河西走廊的风雨——
通往游牧之途

一只独木舟一意孤行
东西方文化枢纽,大梦敦煌
于苍茫瀚海,随风飘荡
柴达木朝着青海湖　摆渡

向上的行旅,如同赴难
面色凝重的氧气袋、红景天
生出某种不祥的预感
一路同行者,半途而废

或许
你的虔诚感动了千手观音
三生有幸,平安归来

青海湖

是谁在湖心鸟岛
藏了鸟语和蓝宝石

虽不识水性
却跃跃欲试,纵身一扑
潜泳湖底,为你捞一颗祖母绿
奇思妙想,精心雕琢
日夜陪伴于温润的胸脯

脱下洁白的背心
擦拭这一面湖水,天籁之音
你的梳妆台,摆放绝世的明镜

天边的油菜花
在七色阳光陪伴下
为高原少女编织风情挂毯

我在石槽前　饮马
追逐嬉闹的儿女,等你回家

日月山

眼看着——
日月自山中无声走过
无意间落入身边倒淌河

那些离家出走的云水
挂满相思泪……

那遗世孤影,亦真亦幻
一尊汉白玉,亭亭玉立
高原的风声,佩环叮咚

草地上的牦牛,犄角蛮勇
挑起人生轮回,月落乌啼
怒目铜铃,对抗苍狼大地

脸膛黝黑的牧羊人
日复一日,赶赴雪山草地
燎原牧歌,留不住马背上的光阴

布达拉

这高洁神圣的太阳城
比邻天堂的布达拉宫
与玛布日山融为一体

白里透红的肌肤
媲美北京皇家紫禁城
你的气质源自高天流云
祥云朵朵拉萨河,行云流水

沿着转经的"圣路"
在八廓街一家藏饰品店
遇见纯朴如鹤的格桑卓玛

顺着伸入宫殿的台阶
逆流而上,迎面遇见
贞观年代,和亲的公主

凤冠霞帔,迎亲仪仗队
风中飘过金枝玉叶的湿巾
如何安身立命——

马背上的光阴

辅佐松赞干布安邦定国
你这负重远行的特使

半山腰的石头,坐看流云
月色皎洁,点亮一盏长明灯

喜马拉雅

你我素不相识,为何远上寒山
追风的鹰翅,孤傲的理想国
你天赋秉性,内热外冷
一旦血脉偾张,惊世骇俗

古地中海,一声呼啸
掀一道滔天巨浪,沧海桑田
印度洋高耸雄伟的肩膀
世界屋脊闪现仁慈的佛光

遥不可及的珠穆朗玛
住着雍容冷艳的蓝色女神
恍惚间,耳热心软
一群野性的怒马,奔腾不羁

雅鲁藏布江,纵身一跳
喜马拉雅腹地划出一道银光
呵!人间烟火,田园牧歌……

朝圣

那些一步一叩首的信徒
磨破手足,祈福还愿的朝圣路
仰望天堂,孤苦跋涉,心花怒放

摇着转世的转经筒
五彩经幡呀——
大地苍穹之间,飘然风马旗
超凡脱俗的神思与赞美

扎西德勒!高处的神
塔尔寺的香火,纳木措的云

玛尼堆

青藏在上——
永念不息的六字真言
堆起一道长长的墙垣
一块石头蕴含生命的灵性
吉日良辰,煨桑的藏民
神圣额头相抵,默诵祷词

天长地久——
一座座玛尼堆,拔地而起
每一颗石子凝结信徒的命运

浩如烟海的玛尼石
渗透一个民族的梦与泪
消障除难的大悲咒
佛门四众遂愿的罚与罪

2022 年 5 月 3 日

草原石人

就像你——
总有一天要跳出　犁沟
那连绵起伏的塞外草原
铺开一个风起云涌的大舞台
这个寂寞的乳娘　目送
奔腾的骏马,叩问大地

那些线条粗犷的草原石人
原野的阳气,雄起的男根
那些从岩画里冲出的黄羊、梅花鹿
睫毛忽闪,转动单纯的栗色眼神
它们认识远古时代的同类
它们是同父异母的兄妹

彼此在暮色与晨露中
传递相依相爱而警觉的气息

草原石人赤裸健美的胸肌
神速弓箭手射穿猎物的逃逸

你放下手中的数码相机
似见她激动而欢喜的心跳
眼前那古典野女,状若旱莲

马背上的光阴

北方·南方

你从偏远乡村出发
奔跑在北方的天空下

一年夏红夏绿
车马代步,云游长江
灯火阑珊哟,乌镇水乡

吱扭摇橹的乌篷船
漂泊西施故里荷叶塘
一位南方姑娘柔情似水

可惜你——
听不清她吴侬软语
恋恋不舍策马　回首
踏上一路烟尘的归途

我骑着马儿游牧岁月
在蒙古长调中望断　银河
勒勒车上响起悠扬的马头琴声

洁白的毡房,丰盈的草地
云彩间住着心中的神
欢呼天上人间……

暮色中升腾　金戈铁马
纵横天下的英雄　气吞万里

马背上的光阴

日出日落

一朵花含苞怒放,惊艳旅人
一棵树独立向上,穿越雾障
爱的荒原,一片空旷
你徘徊惆怅,却不会绝望

挑起柴米油盐,歇脚喘气
春华秋实的大地,耕作生息

一江春潮欢快而浩荡
水天一色激越远行的青春
板结的土地,束缚了你的视野

北方的河流,见异思迁
沿着隐秘山谷,投奔大海
山坡萧瑟,高原谷物
日出日落的汉子在发烫
儿女成群的家族在繁衍

不自生自灭,须开天辟地
垦荒点播,种花结果……

炊烟火把，迎接吉祥欢乐

婚丧嫁娶的矮房，民间殿堂
嘴唇与红袄，欠债与希冀
孤陋寡闻的乡道，登天的云梯
向死而生，向光向水……

夜色枕着窗外的犁铧
你枕着新娘的发香
暖玉佳人枕着一缕月光

清晨的初阳来到村旁
早起的麻雀已开始　上朝

你扬鞭扶犁，在黄泥海上
掀起一道生生不息的土浪

巨灵

伴随蒙古铁骑西征
欧亚草原,星火闪烁
远海想起内陆深处的遗腹子

先遣队尖兵突击,绝尘而去
刻下不可磨灭的路标与历程
一列蒙古语系词汇标注:林草、湖泊

遥远的地平线,落日熔金
英雄辈出的风云,失之交臂

塞外漫长的冬天
阴山之巅,风马凌云
夏夜的人间,有情人篝火狂欢

战神苏鲁锭护卫八白宫
鄂尔多斯典藏龙腾虎跃
伊金霍洛草原,巨灵如风
台阶与穹庐,联通历史苍茫

海子

十三世纪——
取代突厥的蒙古帝国
穿梭于亚欧及青藏高原
圆月弯刀的洪流,昼夜闪电

游牧岁月的激情
铁骑狂飙——
改写、注释历史的天空
他们气吞万里　冲决
一道又一道疆域界碑
卓越的语系重新为大地命名

梦寥廓,你穿过西部旷野
呼和浩特、巴音郭楞、博尔塔拉
响鞭的痕迹——挥斥方遒
他们将砾石覆盖的沙碛命名戈壁

奔腾不息的马群,穿越巴丹吉林
沙海水草丰美,珠一般的内陆湖泊
成为他们拓疆途中饮马的"海子"

呵！巴彦淖尔
一群理想主义的天鹅
千里迢迢约会巴音布鲁克

草原之夜

天堂的云朵落入羊群
草原的皓月陪伴牧民
呼啸的骏马,踏浪而去

远旅的诗人途经此地
南飞的大雁回归北方的故乡
草原是爱与梦的古牧地——
马驹、牛犊、羊羔,快活的摇篮

今夜,我在呼伦贝尔
与梦中的蓝妹,敖包相会
仁慈的额吉斟满美味马奶酒
远方的神,指引一条缥缈之路

瑰丽的夕阳,凝视你的眸光
纯朴的草花,沁人的乳香

今夜,灵鸟和云彩爱恋
暮晚,天鹅湖畔盛开马蹄莲

明晨,匹马孤帆云游四海
来年,托付一片墨绿回馈草原

      2022 年 5 月 6 日于长安

太阳系

云上猛禽崇尚英雄主义
阳光召唤那些匍匐在地的万物

……太阳神自言自语
它要成为宇宙中心，万众之父
创造一个神秘浩瀚的太阳系
一群各司其职的行星、金甲卫队
演绎气象万千的神话与民间传说

夸父逐日、嫦娥奔月、劈山救母
是其中的必选节目与关键词
牛郎织女的爱情，家喻户晓

四季花海属于热带风味
北雪飘飘引领边塞风光
云卷云飞天国王朝的花絮
西王母、太白金星、二郎神
齐天大圣……一个都不能少
这部卷帙浩繁的天书，必须要有一个编委会

太阳神目光炯炯,你不能敷衍
太阳风是一种奇观,海市蜃楼
太阳雨是一场花样年华的才艺表演

太阳说:草木春秋,浮生若梦
每个人都要为自己开一朵太阳花

第五辑　天马行空

新晨

众生尚在梦乡
一只早起的雄鸡
叫醒窗外鲜亮的晨曦

东海朝霞漫天,远道而来
大雁塔塔铃隐隐,自带光芒
温情的乳娘,摩顶那些楼宇广厦

旷野、山川、少女、百果园
花朵、幸福、热望,在晨风中绽放

一瞬间,心血来潮,雄姿英发
万马奔腾,敲击大地的牛皮鼓
莽原之上,江河万里,巨流浩荡

正午的诗神,沿途一路芝麻开花
暖阳家家门前过,从不在乎谁是谁非

夕阳

一匹天马萧萧,破空而来
暮归的夕阳,已着手撒网

海上鱼龙水族,各行其道
巡游领空的苍鹰,俯冲、盘旋
铜黄色叶片——随风辗转
顽皮的野孩子——不知疲倦

像那些指点江山的大人物一样
让位的夕阳,也会精打细算
一点一滴,收回流光碎片
一页一行,注销烈日斑斓

整理准时交付漫漫长夜的清单
瑰丽的黄昏从容收拢完美的盘点

落日

炽烈炎炎
万众不屑于骄阳灿烂
日渐西斜——
人类发现瑰丽而绝唱的诗篇

伴随火焰弥天倾泻
无边无际的洪流照耀每一个角落

千山万壑,风雨交加
拓疆万仞,却日暮穷途
向着地老天荒的临界点软着陆
马里亚纳海沟发出深不可测的惊叹

一只浪迹银河的玄鸟
垂天之翼裹挟层叠气浪
俯冲云蒸霞蔚这斑斓大幕
奉献一个痛苦而震颤大地的血吻

一把无形的青铜长剑
穿破遮天蔽日的沙尘暴

带走秦皇、汉武、匈奴、突厥
畅饮葡萄美酒,掠走楼兰王妃

红帆下的巨轮——
带着胡杨断臂的伤痕
舔舐电击雷劈的剧痛……
撩起内陆湖洗濯脸颊的污渍
坦然接受时光流沙——红颜殇

月光的银镰……凌风高悬

漫夜

流蜜的伊犁河,云淡风轻
奔月的嫦娥,款款而来

那些——
路断人稀的远村悄然荒芜
那些废弃的老屋烟火灭迹
鸟语蝉鸣,夏夜的微笑
闻风迁徙于繁华居所

腊月的窑洞
坍塌于绝望与凋零
那夜的山岳
潜影于无声低泣
油灯下,斑驳的村史
被狗尾草顺手抛入落花流水

……好些年前
一声狗吠,打开风中的院门
新婚小别的恩爱,欢天喜地
麦浪翻滚的夏忙,殷实宗族原乡

物是人非,寂寥的月夜浓稠泼墨
田园牧歌时代的牛羊,遁入林莽

大唐不夜城火树银花,人潮汹涌
过街天桥,有人眺望远去的空心村

你跟着外出的人流,涌入城门
夜市上的白玉,少了些许圆润
你接受现代化的潮流与信息……

2022年5月7日于长安汉风台

第五辑　天马行空

如果爱,如何在

你如果爱恋一个人
她一定通情达理,出类拔萃

因为你的爱,源于她的美
至于温柔聪慧,善解人意
这是下一步寻味的品格内容

两个彼此喜悦的人,青梅竹马
两个灵魂的相遇,互为知音
这个看似简单的命题
许多人一辈子,难以领会

要么因为贫穷,要么源于庸俗
拥有体面场合,未必心随所愿
短命天才诗人海子留下千年一叹:
"你的母亲是樱桃,我的母亲是血泪"

在路上我们为什么,失之交臂
不懂爱的那年夏天,伤痕累累
一见钟情的火花,让人眩晕

有些人春风得意,如鱼得水
短暂的蜜月过后,花谢花飞

白露秋分

—— 第六辑 ——

此去经年

我沿着渭水逆流而上
天边夕阳温暖小雁塔拴马桩

我知道伊犁草原深处
有一位哈萨克姑娘能歌善舞
骑着黑走马弹着冬不拉忧伤歌唱：
"当你降生的时候，歌声为你开门；
当你长眠的时候，歌声伴你进入坟墓"
月明天山，星光如水……

牧羊犬守望岁月毡房
一只猛禽，疾如闪电
掠过风吹草动的石人沟

巴里坤草原，马蹄如鼓
草木春秋，阅尽人间万象

为了山上那片云
朝着天山、莽昆仑
为了超越命运的沼泽地

龙卷风掠过大地，际涯苍穹

花落人杳，雪夜寄北
我在白桦林间挂满红灯笼

为了不虚此行，征途如愿
在凉州车站喝下烈酒，以壮行色

> 2020 年 4 月 16 日于武威

风中猛禽

一乡村少年,问天问地
幻想天界缥缈一个神的部落
草原如浪,大地怀有慈悲之心
绝壁万仞,云上猎手的练兵场

海阔天空者——
不屑于平庸,人云亦云

猎物一旦暴露于有效射程
逃不出一道迅猛闪电
惊心动魄的暴风雨过后
滑翔,隐居肃静,修身养性

心有一册山河——
何惧征途荆棘,泥泞坎坷
风中猛禽
巡游草原的独行侠

这迁徙之旅,变幻莫测

历尽磨难,一生凌云高蹈

2020 年 11 月 22 日

乡音

我骑着马儿
在远方遥望雪山

春天到了
久困冬窝子里的牛羊
以儿女之心呼唤母亲草原
红日之下绿风浩荡
从夏牧场到秋牧场
每一次迁徙都是人生苦旅

河床敞开胸怀拥抱溪流
天空中,鹰翅滑过一面蓝海
种子回归大地,乡音绵延千里
渭河两岸,万物奔腾,鸡犬相闻
远行者左顾右盼,八百里秦川万紫千红

……母亲信佛
大难康复!她回过头来对我说:
"那时候水清月明,桑椹落在牛背上"

虚构一位情人,蝶舞天涯

明年七夕,虚构一位蓝色情人
从察布查尔动身,牵两匹伊犁马
伫立西草地,遥望前程……

从巴音布鲁克天鹅湖畔,东归长安
经孔雀河、铁门关,在库尔勒
摘一朵长绒棉,飞针走线
织两件棉衣,心心相印

莫高窟夕阳,反弹琵琶
敦煌客栈,歇马下鞍,把酒言欢

在渭河源头
挖一盆言之有物的黄土
南疆和田石榴籽,迎春发芽
东海朝阳,远赴河西走廊

两匹马漫步草滩,交颈低语
昔年红尘往事,流放海角天涯

日落之前
买一些柴火,打点漫漫长夜
麦积山石窟,年深日久的壁画
心有神明,照亮回家的路
过了萧关、长武原,就是八百里秦川

2020 年 11 月 28 日于兰州

我的西部,我的马背

你来自黄土高坡无名小村
祖父母留存一张泛黄的老照片
墙上的爷爷面带微笑,手握烟锅
小家碧玉的奶奶,头扎发髻,缠了小脚

贫困的老村,三十而立
西出阳关——突出重围
追随戍边的英雄,弃农从戎

十八年的日子,雪雨交加
一个人的黄金时代,野马天山
混血之城乌鲁木齐,爱我所爱

塔克拉玛干边缘,惊现米兰故城
耸入云端的莽昆仑,对你不屑一顾
在喀什噶尔,拜谒金碧辉煌的香妃墓
这传奇色彩的西域女子,幸与不幸
都被供奉于历史风烟,博古文物
——令人仰慕、费解与疑惑

我的西部旷野,生命的绿洲
何谈功名利禄,不觉人微言轻

秋草衰白的日子,青黄落寞
对面拆迁待建的五典坡村
留下一片尚未开发的荒草地
冬天没有雪,街边没有馕
无法安抚一叶浮萍的彷徨

我在长安,边疆如梦
马背上光阴,远去千里
沉睡伊犁河谷的乌孙公主
已无法回归家乡的花季雨季

2022 年 7 月于西安曲江

蓝色赛里木

所谓卓尔不群
说的就是这孤傲天湖
古往今来，众生习惯于
"人往高处走，水向低处流"

唯有这——
一面净海　出类拔萃
无视"高处不胜寒"的非议
珍藏"大西洋的最后一滴眼泪"

天山雪松眷恋绸缎一样的蓝波
秋日暖阳俯下身子，亲吻西草地
来吧九妹，我为你牵马备鞍
眼看花语清风撩动新娘的婚纱

牧马人是高山的灵魂
纯朴的牧羊女布衣罗裙
赛里木湖心——幻影众神
冷水鱼的皇后——高白鲑

孩子们向水轻歌,望云止渴
湖心岛流传浪漫而忧伤的传说
抱团者喧嚣热闹,远行者独木成林

落日熔金,背靠背遐思一会
月光下的赛里木,凌波欲仙

抵达

只要愿意出门
艰难之途终有抵达那一刻
艰难坎坷是旅途本色
孱弱是胆怯的卑微

远行者,未必满载而归
至少穿越风景与世俗的界碑
原地踏步者姑且安逸
免去了风霜雪雨的侵袭

有时候,两个人
近在咫尺,却难以接近
朋友一场,始终打不开心扉

你可以凭借高铁、超音速飞机,神游万里
你无法抵达一个人内心,高山密林

这是人生最大的孤苦
也是远行者难以接受的悬疑

在人间

我和你,面对面
吹着河滩的芦苇风
行云流水,夏日蝉鸣

酸枣树上的火焰
点燃了斑斓的秋天

那时的童年
忍着虚掩的饥寒
看着衣不蔽体的稻草人
村口走过怀抱孩子的娘亲

迷信与暴力横行
愚昧和欺凌联手
迫使你生出少年游
流年的快乐已风干缩水

从摇篮走向远海之前
尽力保全爱情和炊烟
故乡和别处一样

让人爱恨交加的地方

你想在陌生之地
游牧岁月,重铸第二故乡
给始发地一个根的开平方

夜晚的村庄

太阳从天边　滑落
西地平线被砸出一个天坑
黑暗从野地升起,潜游万里
躺在麦田里的亲人,披着潮湿的寒衣
陷入困境的顽童,被粗暴地拉进家门
月色朦胧,欲望洪流无声降临

一声尖利的狗吠,惊醒倦梦
是谁打了一个响亮的喷嚏
北方小镇,寂寥小村昏昏欲睡
东风和西风在树梢撕扯　诅咒
彼此发泄陈腐多年的怨气与恨

马兰路

村南曾经有一条小路
土黄色的乳房滋养马兰花
修长而坚韧的叶子便是马兰草

"云中谁寄锦书来"
由此出山——
外面的世界比故乡远阔
繁星浩瀚,清风明月
抵达海纳百川的太平洋

一条土生土长的乡路
虽土里土气,却眉清目秀
我将她铭记在心,生死与共
一条默默无语负载生命的河流
漂荡一艘蓝色的四翼船……

迟早会有那么一天
你会从城乡境遇悄然撤退

眼下,趁秋色尚好

写下朴实无华的备忘录
让远去的爱情马车——
寄给花儿与少年,晨光与露珠

2022 年 3 月 6 日于渭北白水

出行

弹掉爱人头上的麦秸
牵着儿女情长的手臂
新粮磨出面粉,一味清醇
夹杂汗腥和血泪,发酵蒸腾

收割之后的田野狼藉不堪
像一个被暴徒撕扯衣衫的妇人
你不知如何呈奉留恋与崇敬
不知怎样说出爱与困……

离家出走那夜
带走青春之上半个月亮
夜幕中的山脊,如父亲的背
头也不回地走,向着远行的铁轨
陌生雨雾,熟悉的乡音,几无差异
但愿在另一天地,巧遇温暖与安详

其实,你想在迁徙途中
带着村庄,一路同行
只是,你缺乏超凡的力气

也许,有一天
我会倦鸟——投林

远乡

西部漫游这些年
光阴模糊还乡的视线
风雨荒凉香火家园
破落与坍塌忧伤你的眉眼

苦撑多年的老父亲
最终还是谢幕　退场
最后一缕烟火，烟消云散

你即使修筑一座宫殿
也是无人安居的　空
西边的洼地——
埋没了耕牛，丢弃犁铧

铁打的门环，锈迹蒙尘
心中的鸽群，早已离散
你的家园风化，虚一处沙丘

2022 年 4 月 22 日于渭北白水

第六辑　秋分白露

春秋笔记

沉重的地球，红尘喧嚣
一再拓宽的快速路，到处拥堵
并非每一场男欢女爱，有始有终

游牧者信马由缰——
春天里，追风少年跃上马背
每一种草木脚踏实地，盎然生机

西行者的背影，穿过金牧场
夏至、秋分、白露在即，青春凋零
总有一些苗木，半途而废……

三角梅、七叶树、无花果，次第接力
今年的桂花树，是否认识去年的你
昨夜梦里，登高一呼，应者云集

以河流、山川、草原
给每一节车厢取一个别名
驰过陌生的都市、寂寥的乡村

麦子金黄,满园果香
从此路过的人经不起诱惑
一只流浪的苹果,自珍自勉
含泪的笑,抵御残缺与衰颓

莫问归期

一年夏天
你的马蹄途经天水
霓裳羽衣遮不住安史之乱
避乱的杜甫流浪秦州

雨后天晴,你走出迷途
寄宿凉州,遇见一位故人

你的气质决定你的走向
我的北斗照亮我的征途
张弓搭箭——干掉命运狙击手

西岭飞雪,大浪淘沙
用漂泊的文字敲开安远门
在护城河边,舀一瓢桃花水

洗一路风尘
你来自辽远西域
带着楼兰王国缥缈的气息

朱雀大街,酒家二楼,听雨轩
且挂三尺龙泉,斗笠、披风
跑堂的伙计,非当年青涩小弟

无论有多少金银细软
风中的故事盛满青瓷碗
如果酒坛空了——

包裹藏有一壶银班超
剑鞘化作一支狼毫,附庸风雅

月上中天,你可以借着酒兴
笔走龙蛇,扯一纸生宣——
"野马天山,书香长安"

      2020年9月29日于长安

秋之冬

萌芽新苗顶着种子的空壳
一有风吹草动就将之丢弃
无中生有,丰衣足食
这是物种的本能……

秋天是一个妖艳诡谲的女巫
丰乳肥臀的气质养活农耕
小富即安的村民尚未庆贺
一转身只剩下满目苍凉

五谷杂粮喂不饱多子多孙
烦人的仓鼠趁火打劫

定居的牧民正在　转场
草垛必须来连夜转运储藏
明天将是一场大雪封山

山民尚未攒够越冬的劈柴
牛羊还在积攒御寒的脂肪
一夜秋风撤销层林尽染

寒露、霜降联手打起组合拳
连绵冷雨把你逼入冬的门槛

炉火熄灭,剩一堆灰烬
寒夜漫漫,借一根金箍棒
问道天涯,挑战彻寒

放出　一只野性的雪豹
在天山之巅咬出　一团火焰

2021 年 4 月 28 日

第六辑　秋分白露

倒春寒

墙角的残雪尚未消融
江南春的脚步越过秦岭
归来的燕族衔起新泥
忙碌的身影修复隔年旧巢

一个土生土长的北方男人
料理完亡父后事,在守孝期

父亲不只耽于肺心病
他内心深处早已破落荒芜
人生的青春与希望,弃他而去
倒塌的篱笆墙,就此散架
风中的院门,空空荡荡……

早春二月,你的苦泪打湿挽歌
揉搓红肿的眼睛,起身
伸开双臂,打起精神迎接春风
和那些如期而至的山桃花

清清溪流,缓缓低吟

往后的日子，还得继续

万物皆有裂痕
你用春风疗伤止痛
春天的温暖祛寒壮胆

而后，在入海口
向着明天摆渡、漂流……

2022 年 3 月 3 日于渭北白水

多年以后

——第七辑——

半坡遗址

一处土里土气的老村
破碎的陶器,残缺的苇席
早已发黑炭化的粟米和菜籽
标配中华古国领先世界物种起源

一个人面鱼纹的彩陶盆
——史前儿童瓮棺的棺盖
悠远神秘的纹饰寓意何为
土眉土眼的半坡先民忧伤祈祷
试图用精品安慰婴孩夭折的亡魂

人间沧桑,时光搁浅
生命因手工而高贵……

那人字形房屋,一明两暗
前堂后室式建筑,创世纪
失落的田园牧歌,使你眼窝一热

在河之洲,春暖花开
男欢女爱的芬芳,扑面而来

那骨质缝衣针,陶钵布纹
那结绳记事,契木为文
原音陶埙,余音袅袅啊……

收拢母系氏族遥远沧桑的记忆
用终南山泉酿一坛酒,祭奠古人

岁月

夕阳染红了民间山墙
远村传来孩子的哭泣
一条狗是小主忠诚的臣民
采野果的女人正在归途
青色炊烟自石板房屋顶缓缓　升起

河边的黄昏
有人吹响芦笛
天风送来一团燃烧的红云
山那边,蓝海中出现白鲸的身影

光阴一天天延续漫长
翎羽斑斓的野鸡到处飞掠
矫健的雄鹿弹指一挥,越过丛林
小溪流戴着一串珍珠,任性梦游
你朝着未知走向,追求爱的芬芳

北山坡忠实而纯朴的山民
守着农时,向着太阳,点播收割
风调雨顺的年月,万家灯火

马背上的光阴

土窑洞里堆满殷实的粮囤
壮实的少年哼着单调的民谣
追赶桀骜不驯的小公牛

岁月似在水中，日子如在天空
你带着天真而粗鲁的雄心　　出门
去外面的世界开发根据地
给自己颁发一枚自由勋章

2022 年 3 月于长安汉风台

如果

如果你手握一把榔头
——全世界都是钉子
但是,不要忘记我是花岗岩的灵魂

一棵树如果站得太高
看不到远方辽阔的大草原
我曾经是马背上那追风少年

一面湖水碧波荡漾,渔歌桑珠
塔里木河、孔雀河
一旦改道而去
游移的罗布泊伤心欲绝

不要冒犯浩瀚神秘的太阳系
芸芸众生,大多都是臣民
齐天大圣美猴王出神入化
挑战虚伪的高贵与傲慢

你如果以诚相待——
人世间便会少些冷眼,多些温润

你如果面带微笑——
迟到的春天也有绿风与花海

一个善良谦卑的人
并非蜗居世俗的平庸之辈
以笔为旗，笑傲江湖的风中传奇

我和你

或许,我并非你的心上人
也许,你不是我想念的那个神
然而,神终究只是缥缈的云

因此,我愿意低下高昂的头
坐在东岭柿子树下,一边想你
一边守望西瓜潜滋暗长的甜蜜
两情相悦是一场等了千年的约会

那时候,我们如胶似漆
中秋季,有可能同床异梦
或者,因打鼾相扰,彼此分居
白露过后,北方的田野开始荒凉
你抚摸我的手掌,我感觉你心房亮堂

你戴着老花镜缝衣补扣时
露出额头的白发,眼角鱼尾纹
我曾经说过,豁出全部青春
为你遮风挡雨,抵御寒霜凉意
现如今,只剩下一声叹息

我们不再是火热的情人
陪你去朱雀大街,逛明珠市场
买一些奇花异草,温馨雅舍
除过月季、玫瑰,还有铜钱草

这些年,你摸透我的倔脾气
这些年,我无法摆脱小鸟依人的你

    2022 年 5 月 10 日于长安汉风台

背影

你的背影——
使我想起 20 世纪 90 年代的夏天
想起橘子与小城电影院
想起南街民营世纪风书店

那时,老屋的黑瓦长出青苔
如今,你是阳台上一树碧玉

曾经的苦难酿成一坛老酒
曾经的过往通往春天与坦途

2022 年 5 月 11 日于长安汉风台

过往

窗外阴雨连绵
你为自己沏一杯热茶
温润的茶汤慰藉风尘
杯身挂壁近似楼顶夕阳

浮想联翩的诗文公开亮相
海誓山盟的男女明媒正娶

故园墙角蒙尘的蛛网
编织一张过往的路线图
海纳百川、虚怀若谷的吸引力
九死一生、肩负使命的西行者

你的过往略显单调
无锦衣玉食,无大起大落
室雅人和美,家和万事兴
粮丰农稳,炊烟是最佳的福音

坦途

世间有太多甜言蜜语
人生少不了悲欢离合
"穷山恶水出刁民"
青山绿水出美人……

荆棘泥泞,绿皮火车
意气风发的青春减速缓行
一马平川,坡上无山

喧嚣的世界,泛滥的乡愁
海量的碎片,浮躁的人情

汉语的纯粹与高贵,淹没于虚伪
繁荣的表象掩不住心理危机
莫名的焦虑导致田园荒芜
浑浊的呼吸扰乱清洁的思想
高科技无法提供万能的过滤网

人际

天地间,一人独来独往
可怕的不是两鬓霜白,人老珠黄
而是茫然四顾,无路可走

为人师表要注重风度之教
朋友要在乎心灵之交
人与人不可走得太近
亲密无间只是一个隐喻

一个人应该活成一棵树
一棵树仰望天空的云
野草莓沐浴林间的风

风云变幻莫测,命运潮起潮落
多年不见的老相识,却扭头而过
你并没有得罪谁,是人家关闭心扉

日历

春天花鸟如约,波涛如怒
夏天麦浪翻滚,杏子金黄
南疆石榴饱满,无花果如期成熟

塞上风疾,秋水长天
月光洒满大地,一片白茫茫

哦,北疆转场的牧人
赶着牛羊穿过岁月的河
白桦林间,鸟鸣稀疏
马蹄踩踏湿滑的鹅卵石
仲夏牧场,成了一个远去的梦

没有一种花比得上自由浪漫
蒲公英的漂泊之旅即将到达终点
播种一片青麦慰沧桑
虚构一篇童话寄语流年

盛夏

盛夏的正午有些焦苦
向上的草木万众一心
枝叶间的果子竭力成长
以艰涩的阅历超越酷暑
为了一句诺言,为了金秋灿烂

早熟的孩子太累
正熟的水蜜桃色香诱人
晚熟的稻谷厚道有味
小满是个名副其实的好孩子
"物至于此,小得盈满"

芒种的麦田通体透黄
原野上的姑娘年华芬芳
丰收季的农民"三夏"大忙
一碗绿豆汤消暑败火……

散养的牛群自食其力
外流的江河跋山涉水
山村的夏至,从前的故事

夕阳在西沟畔洒了一层蜜饯

2022 年 3 月 23 日

思无涯

忘尘谷无人涉水
涓涓清流也会发生
那枫桥夜泊不再摆渡
江海恒流……浩然远行

不管有无传说的神灵
星辰一直漫游太空
大雪封门的日子
白桦林傲立北野山坡

小事情每天都在发生
小草的呼吸神清气爽
世纪风一如既往——
任凭蜂飞蝶舞,马蹄升腾

一个人

野草花紧随阳光雨露
一个人奋斗拓荒青春无敌

你不要尖刻与狭猾
我只选聪慧与温润

极力想得到的东西
一旦着了迷
忍不住就想去偷……

一个北方的秋夜
月亮借来神秘的银镰
摸进田间,割走了一片稻谷

……多年以后
你用心中的诗意
说出了这个神奇的秘密

清晨,露珠那么纯真
美好的人生却如此紧迫

貌不惊人的秋菊
带着矜持与思想，淡然一笑

我见过世间冷热与敷衍
你内心的微笑淳朴而深情

饥饿

你曾经尝过饥饿的苦涩
无意伤害偷玉米的小女孩

其实,我们每个人都做过贼
偷吃,偷喝,偷麦子和嫩豌豆
月光下的贼不只偷金盗银
而且偷情——偷人

一根金色麦芒
刺痛了六月的天空
金色麦粒饱满的魅力
诱惑了乡村少年空荒的胃

跟着魔幻的民谣
走向遥远的异乡——
马群、油菜花、心爱的姑娘
梦中海市蜃楼,胡杨林三生三世
与福乐和热烈,肌肤相亲……

风景掩饰苦涩的泪

陶醉过滤多余的水分
收获的喜悦,疗养眉骨的伤痕

十月

金秋十月　突然
渴望有一个神仙姐姐
帮母亲操劳生计
救助贫苦而孤独的兄弟
然而,不能——

迎着粗莽的西北风
在众目睽睽之下
光着双脚在风雨中　奔跑

在未知的未来
赶着生活的马车
投奔异想天开的桃花源
寻找长河落日地平线

烘烤与坠落流连悲壮的烈焰
大地的调色板彩绘美轮美奂

书香

最让人羡慕的是
我和你约好在一起
开一家唯美而浪漫的书店

为了清淡的生活
可增加一些茶点和咖啡
有人如饥似渴,有人想入非非
还有人在周围……走来走去

单身

人世间——
男欢女爱天经地义
单身飘着也无可厚非
只不过稍稍有点另类而已

只是——
一个单身女子出门
需要一定的力量和勇气

海滩上那个男人,满腹心事
要么陷入思念,要么有所忏悔
海风窥视他的苦楚与隐秘

苍穹之下,大海之边
渔帆,炊烟,群山连着云天

2022 年读书节于茑屋书店

小径

在喧嚣与落寞中陷得太久
索性——抽身而去
穿过人迹罕至、荒草没膝的小径
与多年以前的蒲公英,不期而遇
夏红夏绿,一串成熟的野草莓
散发出淡而香甜的诱惑

那灵巧的蜜蜂捷足先登
忍不住上前一步,驱赶它的嗡嗡
采摘那红艳的野果,含入口中

久无人迹的山泉　听说
故人还乡探亲的消息　喜极而泣
寂寥尘埃,留下你到此一游的痕迹

……这么多年了
那些操持旧业的蚂蚁还在搬家
独立自主的小小王国已成气候
使得潮流、时尚与网红,黯然失色

你在一块干净大石上独自小坐
与一朵流云　挥手道别
接下来继续自己要走的路

不远处，一只雄鹿的影子
一瞬间越过小河……

      2022 年 5 月 21 日

马背上的光阴

窑头

年轻的朝阳含着一枚蛋黄
从东海之滨——纵身一跃
一刹那放射——万道金光
为山川、河流、铁道线指明走向

初夏的麦田酝酿亿万芬芳
核桃树结出饱满的绿色萌果
流云、百草、天真烂漫的山花
它们相濡以沫,维护祖传世交
浪荡蝴蝶与辛勤蜜蜂,各有千秋

古老夕阳沿着落日的地平线
暖色余晖温润门前的拴马桩

在窑头村,你打开风中的院门
穹庐下拥着缥缈的蓝色王妃
葡萄架下,孩子藏起童年的秘密
乡村披着瑰丽的晚霞,幸福而宁静

沟边,好像起风了

坡下的小路空无一人
夜色中,白杨喁喁私语
悬空的吊桥摇摇晃晃
沟底溪流循着路线图,浪迹远方

窑头村的落日倒头就睡
身后传来一片骚动的笑嚷

子夜的蟋蟀收敛了声浪
你在我心上留下一瓣月香
我们在世界角落渴慕与爱恋

       2022 年 5 月于渭北白水

歌唱

清晨的鸟儿愉悦歌唱
歌声穿透林梢,掠过西草地
布谷鸟的民谣,带着农时信息
寂寞如水,在夜间独奏羌笛
孤独时深情吟唱,陪伴的月光

夜风安静,守在墙角的蟋蟀
小河上的漩涡,树枝的剪影
还乡的远行者,排着队用心聆听

星星在闪烁,渔汛在梦游
枕边的孩子,抹着几个脏手印

过去那些儿童节,耐人寻味
一千名歌手,清亮而高亢
一万种悠扬,永远不会沉没

敲锣打鼓的欢呼,唤醒了蓝色火焰
内心深处的甜蜜,溢满白衬衫与红领巾

大地

原野是大地之母宠爱的佼佼者
却并非娇生惯养的独生子
大地之母蕴含旺盛的生命力
这庞大家族包罗万象——
山河、友情、歌舞与美酒

对于勤奋者,大地无比慷慨
对于懒惰成性,有时候有些吝啬

面对突如其来的霜冻和暴风雨
它从不尖叫,也不去大声争辩
它以晚熟的稻谷弥补自然灾害
以无与伦比的美妙方式休养生息
给我们以健美与智慧的花岗岩
给各民族以爱情与梦想的花果园

无畏的英雄臣服于命运
倾国倾城的美人香消玉殒
没有任何事物能够超越大地
只有她托起崇山峻岭、高原峰峦

她是脚踏实地、慈悲为怀的圣母
她是仰望星空、浪漫主义的女神

2022 年 9 月于渭北白水

牧场

从春天走来,气象万千
穿过夏红夏绿和烈日暴雨
从容不迫地加入清凉的秋溪

偏远的牧场是草原之灵
每一株小草,心有神秘的梦

马蹄如鼓,风月无边
侧耳倾听,那絮语般的震颤

从大西洋和太平洋吹来的海风
经过长途跋涉,在天山北坡
与空中草原,合为一体

牧马人可以分辨出
草花香、海藻和鱼腥味
阳光总是那么多情而明亮
牧民的生活一如往常
能歌善舞的姑娘如此芬芳

马背上的光阴

迎春的牧场草花茂盛
奔马、雏鹰与蝴蝶……
勾画出刚柔并济的图案
天山大峡谷,小溪正在下凡

越过黑松林的羊群,分享天籁
马背上的光阴,负载岁月命运
蓝天白云的线条,格外流畅……

2022年10月30日于长安汉风台

海角天涯

第八辑

春潮

一匹红马昂首嘶鸣
叫醒了沉思的菊花台
越冬的牛羊潮水般地涌出围栏
梦中的荒草在风中打了一个滚

江南归来的天鹅与鸿雁
带着云水与春天
欢快的姑娘丢掉围脖与外套
穿戴迷人的裙装与芳香

多日不见的蝴蝶
长出丰满的翅膀

山那边——
谁家的孩子撩动心弦
溜出岩峰的泉溪
试着嗓子,婉转清唱

河边垂柳腰身婀娜
天上织女下凡浣洗霓裳

屋檐下的鸽子闪着银亮的哨音
——越过门前杨树梢
羞涩蒲公英，玩起飘飞的伞帽

2022 年 4 月 13 日

远航

朝露晶莹,薄雾散尽
鱼儿心有灵性,鸟雀凌空飞舞
无名溪顺流而下,寻找一场海之恋
河风想起传说的小龙女,满怀期盼

你跳上木船划起双桨
迎着湍急的奔浪　跳跃
像无数飘荡的银狐
时而出没……
天涯海角——爱与梦的传说

在水边

如果有一天
小溪流进入枯水期
我会守护这裸露的河床

如果有一天
你走向远方的入海口
我会在沙滩上眺望珊瑚岛

如果有一天
你停泊在迷人的港湾
我会让月光使者捎一份祝愿

真有哪一天,你不再归航
我也会在渔人码头,徘徊思量
礁石间蛰伏着漩涡与雷电
祈盼你渡过激流险滩,花开彼岸

在那蓝色沧海间
一只穿越风雨的海燕
逐浪飞花,伴随远影白帆

人与神

那月宫嫦娥,悲秋孤坐
劈山救母的沉香,守望西岳
苦命的牛郎织女,望断银河
传说中的昆仑山,远在天边
那神奇的西王母,遥不可盼

那天宫众神也钩心斗角
水灵小龙女厌倦了乏味海鲜
偶尔上岸,偷听人间清欢

河边的蓝妹牵了心中的魂
林荫道上的倩影,翩翩而来

猜想天上的云
眷恋这人间的神……

燕雀与鸿鹄

曾经仰望星空
向往那钢蓝色珠峰
鸿鹄之志穿透云影
那辽阔大洋波涛汹涌
坎坷人世间很远很深的路

云雾缭绕,无边风月
万事万物有一条生存之道

星月有它的灿然皎洁
人间灯火温暖众生情怀

你说:大鹏展翅恨天低
我说:少年心事当拿云

天鹅凌风高蹈,雁阵浩然排空
从不奢望传说中的凤凰与玄鸟

风雨中燕尾剪断愁云
爱巢间喜鹊婉约一段情歌

湖畔的海鸥灵光一闪，掠过苇岸

春姑娘寄来的夏花绚丽多姿
深秋的银杏含情脉脉
冬日的云杉与雪松漫步荒原

池塘边，儿童追逐嬉戏
蓝花裙小娘叫出民间的美

2022 年 4 月 18 日

爱的航帆

你带着孩子降临海滩
可惜来迟一步
与远航的旗舰,失之交臂
那旋律昂扬的汽笛声震撼人心
万顷波涛犁出翻卷的白浪

一棵人到中秋的橡树
奢望一场热烈而隆重的婚礼
牵着轻纱曳地的爱神
缓步走向停泊码头的邮轮
在人们的欢呼声中招手,离岸

带着对亲友和家园的依恋
带着对陆地和北方草原的怀念
向往另一处蜿蜒的海岸线

沐浴天光海风的爱人
胜过养尊处优的小龙女
朝霞领着一群欢快的海鸥
唱起山高水长的赞美诗

和着风情万种的椰林曲……

夕阳在蓝波湾尽情渲染
海上漂荡一只蓝色的四翼船
我是站在船头的老船长
你是夫唱妇随的船娘

浪迹天涯的故事正在发生
海上之旅的坦途风起云涌

2022 年 5 月 8 日

听涛

海风,一浪高过一浪
从清晨到黄昏拍打沙滩
沧海桑田似有万语千言
在旅人中寻一位红颜知己
可惜,她听不懂海的心语

你的到来,让孤岛热泪盈眶
你离去时,听见潮水叹息忧伤

好在,夕阳
作别地平线那一瞬
慷慨地洒下瑰丽的云霞

夜幕下的灯塔,期待归航
港湾码头,隐约有人守望

2022 年 5 月 23 日

秋思

秋风飘扬,万物高尚
我在北方之夜陷入流年
沉思中凝望江南水乡
似乎前世与你牵手,到此一游
不知不觉成为生命唯一的俘虏

秋风刮过田野
考古学家发现一处古墓
他们小心论证、挖掘、分类、造册
秋雨时分,孤独的背影拖泥带水……

望断天涯海角,从没有忘记你
一场暴风雨来临,怒潮山呼海啸
沿着海岸线登陆,船只全部归航停靠
水天一色的潭门镇,渔家儿女的故事会

我在这里数着日子,等候多年不见的你
我在布满蛛网的墙角,徘徊悱恻……

一个英雄主义的男人眼角湿润

一个改变不了命运的诗人两鬓斑白
一个人喝着青稞高粱酿造的烈酒

珍重自己平凡而充实的阅历
崇尚自由,保持尊严与健美
从不指望那些大而无当的奢侈品

朝阳张开热情似火的嘴唇
爱人的吻可以抚慰深思的泪

在乌镇

这乌黑瓦楞,认识陈年的雨
你的心湖,飘过一船荷塘月色
沿河信步,透视这小镇,前世今生

这古老店铺,经天纬地
黛色窄巷,迎面雀跃的姑娘
通济桥左岸,男耕女桑,雅舍宜人

谁家阿伯
牵一头悠闲大水牛
顺着木门斑驳的纹路
披着夕阳,步入金色油菜地

晚归的船娘,缓缓靠岸
西天,一片云火烧
我坐在北院人家旧石阶
等候露天电影院,曲终人散

梅雨时节——
我在西栅,别饮一坛黄酒

挥手起锚,带上蓝妹下南洋

商船迎着亚热带季风
驶出京杭大运河——
向着马六甲、英吉利、巴拿马远航

飞翔

一个贫乏的人独自苦闷
不小心丢失丰富的想象力
一只受伤的鸟儿忧患蓝天
它失去羽翼,难以飞翔
一个出身贫寒的农夫,老实本分
竭尽全力,难以走出眼前山洼地
一个渔歌唱晚的女子聪灵飘逸
浑身散发出迷人的火花与魅力

一个脚踏实地的耕耘者
心血来潮,把酒临风
屋檐下一只归来的春燕
将美好青春托付于农家小院
一个心有灵犀的梦游者
伸展双臂,思想愉悦
——冲出尘土飞扬的藩篱

2022 年 5 月 30 日

带上灵魂和爱人周游世界

烟波浩渺四大洋
水域之水的大合唱
无边大海,水族的游乐园
沿着海上丝绸之路,自由贸易
带着海誓山盟的心上人,周游世界

需要一名久经风雨的老船长
必需志同道合的水手与工程师
征途中无名诗人突现神来之笔

风月无边,人间有情,远山如黛
你伫立甲板,倚栏遐想
仰视海空,天尽头,平沙落雁

在波涛大海上,航行横渡
在苍茫大地上,探索发现

夕阳给群山金色沐浴
山高水长供养静穆佛门寺院

有些路一辈子走不到头
有些人……再也不见

海洋

……多少年了
不知疲倦的海浪挥舞雪白的臂膀
恣意汪洋,拍打昂首起伏的岛礁
潮水汹涌,白色浪头:哗啦、哗啦
从黑褐湿滑礁石上坠落,又复起

涌入海洋的不止大江、长河
难以计数的无名溪流,潺潺细语
指点江山的不只是伟岸巨人
赴汤蹈火的无名英雄,前赴后继

海风文静可爱,时而呼啸疯狂
神秘莫测的海龙王,水灵小龙女
北方远村的婆婆,咿呀学语的小辈

船头的轮舵工鸣响汽笛
提醒你绕过水下潜伏的暗礁
远航的船只乘风破浪
心上的泊旅去往何方
琼州海峡澎湃滚滚波涛

乳白色泡沫追逐破冰之旅

所有岛屿，原本一片荒凉
打鱼人无中生有，成了原住民
辽阔大海，一面富饶的牧场
耕海牧鱼者，向水而生，苦中有乐

帆船是群岛之间的通信员
深蓝色航线，指向未知黄金海岸

远途

时光深处走来前世的情人
这是今生莫大的幸运
你是绝妙的遇见与欣喜
风景中的人类
穿过熙熙攘攘的街巷

千山万水——
完成一个人的入城礼
荒野跋涉,为了生命挑战极限
为了检阅自己精心操练的仪仗队

从北国风光到热带雨林
从亚欧大陆到好望角
从白令海峡到新西兰
有人举行一场盛大旅行婚礼
不同种族的嘉宾,分享喜悦
以快乐幸福的爱情,漫游山河
心心相印的灵魂,远赴水城威尼斯

像杰出旅行家马可·波罗那样

——朝着梦想的清新之境
寻找闪耀智慧之光的诞生地

坐在精美的小酒馆,想起哥伦布
远处的麦哲伦,天狼星和狮子座
东南亚一望无际的太平洋、印度洋
大西北高耸群山,绿风吹过草原

向着深蓝水域,远途慈航
那些见多识广的港湾、码头
有着陌生而熟缓结识的朋友

生死兄弟

天才画家凡·高一生
如漫漫长夜不尽悲苦
两件事是他的糖果与蜂蜜
一个是绘画,另一个是弟弟提奥
两人天各一方,各有自己的生活
凡·高在比利时、海牙、阿尔漂泊
提奥在巴黎经营画廊,照顾自己的家

精神共生的人心有灵犀
(有时远超日常生活)
隔空相望的信任与惦念
胜于面对面礼节性嘘寒问暖

凡·高去世不久,提奥随之而去
茫茫尘世,芸芸众生……
这一对相濡以沫,生死相随
纵然全世界,都与你为敌
我永远是你影子一样的兄弟

生而孤独,渴望臻爱

是每一个物种的宿命与天性
活而相望,相拥夕阳……

海角天涯

海上巡游——你会发现
礁石其实是恐龙遗骸
海底世界丰富多彩却不太平
——惊世骇俗的马里亚纳大海沟
气象万千的渔汛,势不可挡的洋流

大海和人一样,它也会做梦
黄昏降临,晚霞瑰丽,落日熔金
"海上生明月,天涯共此时"
我梦见海的女儿,也梦见你
下海游泳不止勇气,精湛技艺,倾注毅力
我们只看到海的辽阔,其实它霸道而雄伟

下南洋的移民船,渐行渐远
行者漂泊在外,历尽人间沧桑
若干年后,你功成名就
还乡归来,为故乡风情,锦上添花

畅游者,凌波微步
迎着漩涡,横渡琼州海峡

涉过激流险滩,海角天涯

2022 年 6 月于长安汉风台

一入新疆诗情起

一个陕西汉子,出于对新疆大漠风情的向往,用18年青春光阴在新疆打拼,而伴随他创业生涯的,是以新疆为主题的诗歌创作和散文写作。

他叫段遥亭,20世纪60年代末出生,陕西白水人,毕业于渭南师范学院中文系。

近日看到段遥亭的11篇新诗作收录于西安出版社《长安风诗歌十人选》。这些诗作,均是他在新疆南北各地游历后,面对丝绸之路西域风物的有感而发。

段遥亭曾经做过法院书记员、报社记者。在《文学报》《中国民族报》《农村青年》《西部》《青海湖》《西南军事文学》《散文百家》《美文》《草原》《延安文学》等诸多报刊发表过100多万字的文学作品。作品被《读者》《海外文摘》《教师博览》等刊物转载,并入选《中国文学作品选》《散文百家十年精选》《中国西部散文精选》《蓝色的四翼船》等多种选本。

现在,段遥亭一边从商,一边从文,写作已成为他生活中不可或缺的一部分。诗歌是自然生发的旅途思想。

段遥亭笔下的词句激情飞扬、诗意连绵。《马背上的光阴》浸透了苍凉的生命意味。比如,他对时间的体验,感觉那是"一匹骄横的黑马",他写道:

时光的骑兵掠走了我的青春

光阴的强盗夺走了我的情人……
来不及整理简陋的行囊
风雪已经推开楼台的门窗
马蹄腾空,敲打光阴"嗖嗖"的鼓声

而在《亚洲大陆地理中心》《北庭故城》《雪山之恋》《又见菊花台》《秋风中的马蹄》等边塞诗歌中,他又描写了许多独特的西域文化元素。这些诗歌作品在《长安风诗歌十人选》推出之后,勾起了不少读者对新疆风光的向往。

《陕西诗歌》主编、诗歌评论家王可田在《长安风诗歌十人选》序言中点评:

西北边陲瑰丽奇幻的自然风光,以及由此激发的豪迈气概,在新疆诗人段遥亭的笔下涌现,是再自然不过的事情。历史与当下,想象与现实,在这里碰撞、交织,寥廓边地成为诗意繁茂生长的沃土。当然,段遥亭的诗并没有成为西部风光片或风情录,他有自己深切的情感体验,或者说,他是以边疆繁复的物象进行自我表达的。

对段遥亭来说,他把真情实感的散文当作散步,而诗歌就是他灵感的闪电。

"写诗,需要诗人有丰富、敏锐的想象力,凝练的语言技巧和精神视野。散文重在写实,指涉过去。诗歌虚实结合,面向未来,神游万里,空茫虚幻,恐怕只有诗人自己才能说清意蕴何在,那都是自然生发。"他在接受采访时说。诗情来自他对西域历史的热爱和对新疆人文地理的痴迷。在新疆生活的18年,段遥亭到过很多地方:吐鲁番、火焰山、坎儿井、交河故城、准噶尔盆地、魔鬼城、塔克拉玛干沙漠、胡杨林、江布拉克、伊犁草原、喀纳斯、丝路遗迹……古道西风充实了他的经历,开阔了他的视野,而正是这些唤起了他心底的边塞诗情。

作为一个土生土长的陕西人,段遥亭自小对"西域"这一概念有种神秘的向往。"长安和西域,仅仅把这两个词连接在一起,就像要发生一段传奇。"段遥亭说,纵深历史知识越多,自己对新疆这片广袤的土地就越有热情与眷恋。

于是,18年前,段遥亭只身一人来到新疆。而在这里生活工作,已经不全是为了养家糊口。"一个人活着并非完全为了物质与金钱,当我们业已完成生活的责任,需要及时调整一下自己,重新出发,把余下的生活重心转移到个人的兴趣爱好上,好好款待一下自己这些年来疲于奔命的灵魂。正如一匹马活着不是为了冲锋陷阵,一头牛活着不是为了任劳任怨。马儿需要在河边的草地上交颈低语,牛群需要在树荫下闭目反刍。"

而在新疆,虽然"大漠孤烟直,长河落日圆"的景象已不再常有,但每当自己在城市打拼疲累时,段遥亭都会选择去沙漠、去口岸、去草原,感受一下西域历史文化的沉淀。"要知道,每当我看到绿洲、草原、沙漠这些与内地青山绿水、中原农耕文化完全不同的景象,那种粗犷、开阔的人文风光,那种反差巨大的地理地貌,让人顿感往事如风,沧海桑田。"

这里摘选段遥亭在亚心之都默默守望青春岁月,跋山涉水寻找生命绿洲的诗情画意:

走南闯北,生活的家园——安祥如意
背包出发,每一次漫游都是一次回归
亚心啊,亚心!呼唤人类子孙寻寻觅觅
血管里流淌着四十多亿人的勃勃生机
亚细亚!你的名字激荡着一路风尘
　　　　　　——《亚洲大陆地理中心》

赶着古老的车轮远道而来
红鬃马在路边翘首以待
清溪水在河床里欢快奔放
我赶着马蹄声,逆流而上
在马的嘶鸣中追寻流逝的时光
　　　　　　——《又见菊花台》

每一次站在窗口依偎雪山
你简陋的心田花开如莲
你看到的不是月高风寒
而是一朵凌风怒放的红雪莲
你收获的并非雪地冰天
而是与爱情与马背的沧桑缠绵
　　　　　　——《雪山之恋》

原载于 2017 年 6 月 7 日《乌鲁木齐晚报》
　　　　　　　　记者 蔡俊

代后记

诗人的意义

迪伦·托马斯说:"一首诗写成之后,这个世界应有些许改变。"

诗人只有站在这样的高度,才有可能写出感动世界的诗篇。一个伟大的诗人,一首传世诗歌,会影响众多读者。在我看来,一首诗歌首先要影响作者自身,改变自己对世界的态度。

那些被称为"诗人"的人,那些在平庸生存中怀有生命诗意的人,是精神生活的眷顾者和追求者。他们以消费生存为前提,渴望置身于精神俱乐部,实现精神的共享与心灵的共鸣。

从源头上看,哲学和诗本为一体,孕育于神话的怀抱。神话是原始人类对人生意义的一幅形象图解。后来,哲学和诗渐渐分离,但它们在精神气质上仍然酷似,保持着内在的藕断丝连。没有哲学的眼光和深度,一个诗人就只能是吟花咏月、顾影自怜的浅薄文人;没有诗的激情和灵性,一个哲学家就只能是从事逻辑推理的思维机器。哲学家与诗人心灵相通,他们被同一种痛苦所驱使,寻求着同一个谜题的谜底。庄子、柏拉图、卢梭、尼采的哲学著作,都闪耀着经久不散的诗的光辉;在屈原、李白、杜甫、苏轼、但丁、莎士比亚、歌德的诗篇里,都回荡着千古不衰的哲学叹喟。有时我们难以断定一位文化巨人的身份。在西方文化史上,一些富有诗人气质的大哲学家,一些极富哲人气质的大诗人,他们的存在显示了源远流长的诗哲一体传统。

哲学不是智慧本身,而是对智慧的爱。哲学家并不提供人生问题的现成答案,生活的答案只能由每个人自己去寻求。知识可以传授,智慧无法转让。然而,对智慧的爱是能够被真善美激发出来的。我们读一位哲学家的书,也许会因书中的经典之处而豁然开朗,但真正震撼心灵的,却是作者对人生困境的洞察和揭示,以及寻求解决途径的痛苦和努力。只有那些带着泪和笑感受人生的思想者,才能真正领略哲学和文学的魅力。

哲人能在庞杂的人间万象中独辟蹊径,探索世界,指点迷津;而诗人能在大千世界中捕捉万紫千红的美学之光,给繁华而寂寥、漫长而短暂的人生谱响愉悦的华章。

既然如此,我们何乐而不为呢?

我是一个有责任感的男人,却不是一个成熟的诗人。新世纪的春天,自渭北家乡西出阳关那些年,在"世俗生活"的尘埃里养家糊口,原本寂寥的诗意被现实生活所淹没。直到有一天,偶遇一位回族女作家,她说:"你其实是有诗人气质的。"

生命脆弱,青春易逝。我们站在时空之路,过往如风。我们活着的意义就是以奋斗通往梦想与成就。爱情关乎人生的欢乐与幸福,意志影响人类的道德与伦理,思想决定追求与尊严。漫长而坎坷的生命之旅中,很难做到爱与梦的和谐与统一。再亲密的人,总有一天会离你而去,所以精神伴侣必不可少,她是你对峙时光流逝、抵御孤独衰老的力量源泉。

　　许多人年轻时诗意飞扬,我的诗情比别人来得晚了一些,或者说,这是一个人的逆流而上。就像夏秋季收割之后的田野,一片狼藉,而我却独自一人去捡拾麦穗、玉米。这是对错过农时、生命流逝的补白。多一份诗意就多一点色彩,多一页风景就多一丝温暖。我自知才疏学浅,是一个后知后觉却又锲而不舍的远行者。在诗歌的天空下,指尖流云神游万仞,酒兴酣畅金戈铁马,层林尽染孤帆远影之际,虚构一位情人浪迹天涯,超脱万丈红尘的裹挟与人生烦恼。散文和诗歌仿佛一只笨鸟的翅膀,帮助你穿越风雨——飞翔与栖居。

　　就像歌曲所唱的那样:

你披星戴月　你不辞冰雪
你穿过山野　来到我的心田
你像远在天边　又似近在眼前

　　我们读文学作品,可以想见作家的音容笑貌、爱憎好恶,甚至窥见他隐秘的幸福和创伤。诗人孕育作品时,会有一种心灵的战栗。大海中的每一朵浪花,都带着思考的悲欢。人生真正起作用的是亲身的经历、切身的感受,是灵魂深处的暴风骤雨、危机和觉醒、直觉和顿悟。人生最大的问题,对所有人而言是相同的,但每个人探索的机缘和途径却千变万化。追求过程与个人经历和性格密不可分。只有把其中的悲欢曲折展现出来,我们才能打通一条自然美妙的心灵路径。

　　爱上一个人,是因为那一双明眸,唇齿间的微笑。这些年东奔西走的努力,不经意间会被某个陌生的智者一语道破。终其一生的追寻,期望在有限的交流中达到某种心灵的相遇。

黑格尔在《美学》中说:"艺术对于人的目的,在于使他在对象里找回自我。自然美只是心灵美的反映。情致的表达只限于通过与它共鸣的一些外在形象隐约地暗示出来。它们在外表上是简单的,却暗示出藏在骨子里的一种较深较广的情感。"

巴尔扎克说过:"艺术就是用尽可能少的事物来表现尽可能多的思想。"

阿·托尔斯泰在《语言即思维》中说:"在艺术语言中,最重要的是动词。这是很明白的,因为全部生活都是运动。"

唐代诗人王昌龄提出诗有三境,即物境、情境、意境,"视境于心,莹然掌中,然后用思,了然境象"。

一首成功的诗,也是一幅出色的画。古代的山水诗中有许多这样的精品。王维《鸟鸣涧》诗云:"人闲桂花落,夜静春山空。月出惊山鸟,时鸣春涧中。"这显然是一幅夜的春山图。这首诗几乎全由形象构成,色彩清幽而又协调。杜甫《绝句》:"两个黄鹂鸣翠柳,一行白鹭上青天。窗含西岭千秋雪,门泊东吴万里船。"更是一首色彩鲜明的佳作。

品读这般赏心悦目的诗歌,在心领神会的一瞬间,生活便有了一些不经意的改变与婉转。

我们可以在贫穷中奋发图强,却不能忍受闲适无聊,更不能在消遣娱乐中走向死亡。为灵魂寻找安宁的追求是一种复归与追溯,是在努力寻找一种毕生也难以达到的至善至美。正因如此,内心深处的灵魂才不会随风流浪,我们才会真正感到有家可归,找到归宿和慰藉。哪怕途中泥泞坎坷、风霜雪雨,也要自我疗伤、自我拯救。失望而不绝望,悲观而不颓废,贬抑而不自弃。人生的伟岸与高格在于为有限的生命追求无限,寻找精神安详和一处绿洲家园。

法国诗人、哲学家帕斯卡尔说:"人显然是为了思想而生的。"然而,人在追求无限的过程中却不断遭遇挫败。他曾说过一段著名的话:

我们是驾驶在辽阔无垠的区域里,永远在不定地漂流着……没有任何东西可以为我们停留。这种状态对我们既是自然的,但又是最违反我们的心意的;我们燃烧着想要寻求一块坚固的基地与一个持久的最后据点的愿望,以期在这上面建立起一座能上升到无穷的高塔,但是我们整个的基础破裂了,大地裂为深渊。

每当困惑不解之时,我会在哲学大师的思想中找到一个出口。现代诗坛上,题材广阔、色彩强烈、思想深邃、感情浓郁的著名诗人艾青对我影响很大。

"朦胧诗"是20世纪70年代岁月的印记,它呼唤着人间的温暖、爱抚和彼此的信赖,它关注群体的人、理想的人,呼吁人性的复归。它认为诗"是沟通人心灵的桥梁"(舒婷),让心灵呼唤心灵。他们突破了诗是"号角""匕首"的藩篱,把诗从外部的错位纠正过来,让变形的诗歌艺术回归本形。"朦胧诗"中有一种英雄主义的孤傲和冷峻的崇高。

"新生代"诗派崛起于20世纪80年代中期,经济体制改革全面铺开,工业化已初见成效。在现代化进程中,人们的生活方式、生活节奏、价值观念以及审美情趣都发生了变化。"新生代"在这样的社会背景下脱颖而出,展现出与"前辈""朦胧诗"诗人迥异的审美价值和诗风。

如果说"朦胧诗"以象征性、意象化的语言丰富了新诗,那么"新生代"则以通俗的、富有浓郁生活情趣的纯现代口语丰富了当代新诗。从"朦胧诗"到"新生代",我们感到一种巨大的反差:诗歌从优美、典雅、含蓄,陡然转向粗糙、俚俗、直露;从心灵的歌转为向外喷射;从震颤灵魂的悲壮性之美转为世俗的悲欢离合;从理性的顿悟转为对柴米油盐的生命直觉的感受。

诗歌是以情感人的语言艺术,是情感流淌的欢歌,心灵之花。很多时候,叙事与抒情同时在场,并非绝对貌合神离。叙事是骨,抒情是肉。二者水乳交融,才能形象生动,意味隽永,令人深思。诗人不满足于一茶一饭、一房一车,他要在世俗之外营造一个理想的"伊甸园",打造一处静谧而不易受扰的"神的居所"。我喜欢优美的诗歌,不代表背叛与逃离"世俗生活"。我只是想清醒而不麻木地活着,并不认可那些自视清高、不食人间烟火的"伪诗人"。我尊重先生存后生活、先物质后精神的人生格调与格局,并一直努力实现这一目标——在路上。最终摆脱那种动辄受制于人的局促与荒凉,试图进入一种清朗而愉悦的自由飞翔。

多年以前,我是渭北高原上一个食不果腹的乡村少年;新世纪的夏天,一家人远走他乡,西部漫游;如今人到中年,东归长安。这座文化古都曾为东方乃至世界所瞩目,它是丝绸之路的起点,有着丰富璀璨的文化遗产。西域是这条浪漫国际大商道的必经之路。我有幸漫游于中西两大文明之间的辽阔时空,感受汉唐风韵的熏陶与边塞之气的凝练。

在地理类型与题材类型上,我倾向于心灵感应的精神指向。更多是以历史地理和文化背景作为自己的写作资源,由此进入精神之旅路线图。我的"青春期写作"并非葱郁茂盛,"中年性写作"是一种惯性思维的持续与掘进,是一条崎岖山路的蜿蜒与伸展,是白露秋分的延缓与回放。通过诗歌试验与实践,可以发现一种跨文体写作的快感。

诺贝尔文学奖获得者、法国著名作家纪德说:"对人来说,快乐不仅是一种天生的需要,而且还是一种道德的义务。快乐比忧伤更珍稀,更难得,也更美好。因此,我把自己的幸福当成一种使命来承担,要向周围传播快乐,我认为最有效和最可靠的办法,就是本人做出表率,当个幸福的人。"

蒋子龙说:"诗人的心灵不一定在他生活的地方,而是在他爱的地方。"

施战军说:"自然而然的写作是文学的高境界,犹如最好的人生是自然而然的生活。"

在此,感谢周涛先生题写书名!感谢何建明主席、沈苇教授、如风诗友点评勉励!向他们遥致敬意和问候!

2022 年 8 月 1 日于长安汉风台

段遥亭创作年表

1993年在《铜川日报》发表处女作《朋友,你不必沉默》;4月参加陕西日报通讯员培训班;8月参加陕西省作协文学创作培训班。

1994年在白水县法院任书记员;在深圳市《明镜报》(法官文学)发表诗歌《童年遥忆》、随笔《穿越死亡》;10月参加鲁迅文学院金秋笔会;同年加入渭南市作家协会。

1995年6月参加湖北"首届文学创作赤壁笔会",被评为《赤壁文学》优秀专栏作家;7月在广西柳州市《芳草文学报》发表散文《月亮地》;在河南周口地区文联《未来》发表散文《村井》;诗歌《过路人》入选《蓝色的四翼船》(中国古籍出版社)。

1996年在白水县创办世纪风书社;在《陕西日报》《陕西科技报》《陕西农民报》《渭南日报》《铜川日报》《华山文学》《铜川文艺》等省市级报刊发表约20万字的文学作品;加入陕西省作协文学创作研究会。

2001年西出阳关,在乌鲁木齐晚报社主办的《新世纪商报》任记者;在《新疆日报》《兵团日报》《新疆都市报》《新疆法制报》《乌鲁木齐晚报》《新晨》等主流报刊发表作品。

2002年,散文《到过长城》(原载于《都市消费晨报》),获"我的旅游故事征文"三等奖。

2009年发表作品:
评论《遥远的悲凉与文学后遗症》原载于《新晨》2009年第1期。
散文《父亲是个兵》原载于《西部散文家》2009年第2期。
散文《寻觅楼兰》原载于《吐鲁番》2009年第3期。
散文《西出阳关》原载于《西部》2009年第4期。
散文《母亲是棵松》原载于《青海湖》2009年第5期。
散文《河边断想》原载于《西部》2009年第11期。

2010年发表作品:
散文《曲江水马》原载于《岁月》2010年第3期。
散文《打马草原》原载于《西南军事文学》2010年3期。
散文《绕不过的吐鲁番》原载于《吐鲁番》2010年第3期。
散文《火焰山下的绿》原载于《兵团日报》2010年6月20日。
散文《最后的迪坎儿》原载于《兵团日报》2010年8月1日。

散文《有些风雨吹乱了岁月》原载于《渭南日报》2010年8月27日。

散文《格桑卓玛的照片》原载于《西藏日报》2010年10月10日。

散文《书香淡淡芬芳来》获得乌鲁木齐市图书馆"我与图书馆"主题征文优秀奖。

《刀子爱青草》原载于《散文百家》第11期,入选《散文百家十年精选》(中国言实出版社)。

2011年发表作品:

散文《父亲与果树》原载于《新疆都市报》副刊2011年6月3日。

散文《村边上的小学校》原载于江西省《教师博览》2011年第9期。

散文《寻找延安》获中国社会科学院"中国共产党成立九十周年"征文一等奖。

散文《打马草原》入选甘肃人民美术出版社《中国西部散文精选》(全四卷·第一卷)。

2012年发表作品:

散文《来到拉萨》原载于《西藏日报》2012年1月22日。

散文《我踏上了青藏之旅》原载于《西藏日报》2012年2月26日。

散文《受伤的牦牛头》原载于内蒙古文联《草原》2012年第7期。

散文《从格言感知少数民族的性格和智慧》原载于《中国民族报》2012 年 11 月 16 日。

评论《"研究生"的困境》原载于共青团新疆《新晨》2012 年第 12 期"青年手记"。

2013 年发表作品：

散文《西天流云》原载于《延安文学》2013 年第 1 期。

散文《西天流云》原载于《椰城》杂志 2013 年第 1 期。

散文《远方的风景》原载于《吐鲁番》2013 年第 2 期。

散文《秋水长天看博湖》原载于《中国乡土文学》第 3 期。

散文《向斯文·赫定敬礼》原载于《艺文志》2013 年第 4 期。

评论《小溪骇浪》原载于内蒙古《鄂尔多斯》2013 年第 6 期。

散文《铁马金戈梦已远》原载于《西南军事文学》2013 年第 6 期。

散文《彪悍的玉米》原载于榆林《神木》2012 年第 6 期。

散文《宁静的小麦》原载于《渭南日报》2013 年 9 月 27 日。

2013 年出版散文集《野马天山》(太白文艺出版社),《今日文艺报》《新疆日报》《新疆作家》《都市消费晨报》《渭南日报》等媒体予以报道;接受《新疆都市报》记者马雪娇采访,刊登人物专访《新疆,是我生命的绿洲》。

散文《火焰山》获"我最喜爱的新疆地名"征文三等奖,入选征文作品集一书。

2014年,散文集《野马天山》入围第六届鲁迅文学奖(见中国作家网、《文艺报》)。

散文《天山涌浪》原载于《吐鲁番》2014年第1期。

散文《天涯笔记》原载于《五指山》2014年第1期。

散文《仰望丝绸之路》原载于《北方作家》2014年第1期。

散文《湿漉漉的泼水节》原载于《中外文艺》2014年第3期。

评论《漠野西风唱高歌》原载于《西风》2014年第4期。

散文《奔跑在北方的天空下》原载于《华文月刊》2014年第4期。

散文《跃马天山》《商旅青藏》《打马草原》《油菜花开》《流浪的苹果》《漠河车站》原载于《文苑》(西部散文选刊)2014年第5期"散文特辑"。

散文《去北极村走亲戚》原载于《海外文摘》第9期,入选《中国文学作品选》(线装书局)。

散文《书店里的人和事》原载于《兵团日报》胡杨副刊2014年10月27日。

2015年,练习跨文体写作,正式开始介入诗歌领域。

评论《生活·文学·世界》原载于《衮雪》2015年第2期。

散文《和亲路上的汉公主》原载于《西风》2015年第3期。

散文《品相》原载于《天山》文学双月刊 2015 年第 4 期。

诗歌《胡杨林》原载于《吐鲁番》季刊 2015 年第 4 期。

散文《堂弟废了小学校》原载于《农村青年》2015 年第 9 期

诗歌《故乡的南河滩》原载于《西部》2015 年 12 期。

2016 年,家乡陕西省白水县作家协会成立,被推选为作协顾问。

散文《我的朋友曼克苏》原载于《美文》2016 年第 1 期。

散文《本命年的红围巾》原载于《吐鲁番》2016 年第 1 期。

散文《拜谒王昭君》原载于陕西省政协《各界》2016 年第 3 期。

散文《荒野中的思绪》原载于西宁文联《雪莲》2016 年第 4 期。

散文《军户印象》原载于《兵团日报》胡杨副刊 2016 年 7 月 24 日。

散文《渐成往事的书信》原载于上海《文学报》2016 年 8 月 4 日。

散文《马镫与中国古代骑兵》原载于《团结报》2016 年 8 月 13 日。

诗歌作品:

《马背上的光阴》等 11 首诗歌作品入选《长安风诗歌十人选》(西安出版社)。

《乌鲁木齐晚报》记者蔡俊刊发采访稿《一入新疆诗情

起》。

《我在荒原上等你》原载于《白水文苑》2016年第1期。

《马背上的光阴》(组诗)原载于广西《北流文艺》2016年第3期。

《爱的突围》原载于《当代诗歌》2016年8期,荣获征文大赛"诗歌新人奖"。

《最美的天灯》原载于《伊犁晚报》2016年9月22日作品副刊。

《我想让你陪我回一趟陕北》原载于《陕北诗报》2016第2期(总第24期)。

《期待下一次与你重逢》(组诗)原载于铜川市文联《华原》2016年第3期。

《从前的村子》(组诗)原载于《白水文苑》2016年第3期。

《园艺师》(组诗)原载于《中国诗歌报》2016年12月8日。

《那时的蝉鸣》(外一首)入选《阅读悦读2016年度佳作选》(四川民族出版社)。

《鸟睡了,梦醒了》原载于《蓝草》诗刊2016年12月17日,荣获诗歌同题赛二等奖。

《金色的甘南》原载于《甘南日报》2016年12月19日"芳草地"副刊。

《北方的天空》(外二首)原载于《准噶尔文艺》2016年第4期。

《我的马背,我的王妃》(组诗)原载于金昌《西风》2016

年第6期。

《致铁木真》(组诗)原载于内蒙古《天骄》2016年第6期。

《过客》原载于新疆文联《西部》2016年第12期。

《遇见》(外一首)原载于《诗中国》总第28期。

《谁来牵挂我们的母亲》入选《齐鲁文学2016年精品选集》(团结出版社)。

2017年3月,主编《有水曰白:征文作品集》(太白文艺出版社)。

散文《寻找延安》原载于《西部》2017年第5期"迎十九大散文专辑"。

散文《军户时光》原载于新疆兵团第六师《五家渠文艺》2017年第1期。

散文《最美的时光》(外一篇)原载于《博尔塔拉文艺》2017年第3期。

散文《泼辣的女人》原载于《伊犁晚报》2017年12月8日作品副刊。

诗歌作品:

《北疆走笔》(组诗)原载于《准噶尔文学》2017年第1期。

《仰望丝绸之路》原载于《北方作家》2017年第2期。

《还乡的路标》(外二首)原载于《绿风》2017年第3期。

《草木春秋》(组诗)原载于南阳《躬耕》2017年第3期。

《麦子》(组诗)原载于《大西北诗人》2017年第3期。

《我用十万光阴供养渭北山水》原载于《谷雨》2017年第3期。

《故乡是一处窝穴》原载于《文化艺术报》副刊2017年4月7日。

《我在可可莎雅等你》(组诗)原载于《兵团文艺》2017年第5期。

《远去的赵家河》(外一首)原载于《西安晚报》2017年5月27日悦读周刊。

《我想在北关小学做一名代理教师》原载于《西安晚报》2017年6月17日悦读周刊。

《张掖丹霞地质公园》原载于《甘肃工人报》副刊2017年6月28日。

《蓝色漫游》原载于《奎屯日报》副刊2017年8月8日。

《去尼勒克做一只候鸟》原载于《伊犁晚报》作品副刊2017年11月23日。

《在乔尔玛烈士陵园》原载于《伊犁日报》伊犁河副刊2017年11月30日。

《对与错》原载于《长江诗歌》2017年第2期。

《遥望青岛》(外二首)入选《难忘的时光》(团结出版社)。

《照金行》入选陕西铜川市《红旗漫卷西风——照金颂》诗歌朗诵大赛作品。

《我站在风中》(组诗)入选《中国当代知名诗人选集》(团结出版社)。

2018年4月,参加新疆作协第七届上海创意写作培训班。

散文《村里村外》原载于《昌吉日报》副刊2018年2月7日。

散文《新疆汤饭》原载于《伊犁日报》2018年8月2日伊犁河副刊。

散文《苍天圣地阿拉善》原载于《四川文学》2018年第2期。

散文《乌鲁木齐的天空北国的雪》原载于《新晨》2018年第2期。

散文《书香疏影东六路》原载于《西安晚报》2018年10月23日。

诗歌作品：

《我的纸笺飞出一朵流云》(组诗)原载于《银河系》2018年6月20日。

《又见菊花台》(外二首)原载于《绿风》诗刊2018年第4期。

《大漠驼铃》(外一首)原载于《西安晚报》2018年7月16日悦读周刊。

《赵家河,我的左耳》原载于《西安晚报》2018年9月29日悦读周刊。

《托克逊,最早见到太阳的地方》荣获新疆托克逊"杏花节"征文诗歌二等奖。

《红色的秋天》(三首)原载于《人民陆军》2018年10月22日长城副刊。

《克孜尔尕哈烽燧》原载于《西部》2018年第6期。

《我的河流,我的群山》原载于《作家在线》2018年11月28日。

《长安雪》原载于《西安晚报》2018年12月22日悦读周刊。

《现居乌鲁木齐》入选《长安风诗选》(中国当代诗人卷)。

2019年7月,参加新疆西部文学写作训练营"巴里坤笔会"。

散文《铜川知青》原载于《陕西工人报》2019年1月14日副刊。

组诗《东天山风物》原载于《回族文学》2019年第2期。

诗歌《军垦之光》原载于《新疆日报》"国庆特刊",荣获新疆诗歌节全国征文二等奖。

组诗《克拉玛依》原载于《克拉玛依日报》2019年12月3日准噶尔笔会。

组诗《梦寥廓》原载于新疆兵团第十师文联《北屯文艺》。

2020年发表作品:

组诗《浪迹天涯是一个美妙的生神话》原载于《延河》第1期。

组诗《草花香》原载于《华山文学》2020年第4期。

组诗《林莽》原载于《诗潮》2020年第5期。

诗歌《青春祭》(外一首)原载于《西安晚报》2020年5月

9日悦读周刊。

诗歌《兵团儿女的摇篮》荣获北屯市"我和地窝子的故事"征文优秀奖。

组诗《云上黄河》原载于《潮头文学》2020年7月24日。

诗歌《信不信由你》(外一首)原载于《西安晚报》2020年8月22日悦读周刊。

诗歌《创意谷》原载于《文化艺术报》2020年11月4日。

组诗《风追司马》原载于《华山文学》2020年第6期。

组诗《蒲公英》原载于《西岳》(季刊)2020年第4期。

中篇小说《谁是谁的玉米地》入选《策马阿勒泰》新疆创意写作班学员作品集。

2021年发表作品:

散文《回望青岛》原载于大庆市文联《岁月》2021年第3期。

散文《风度之教与心灵之交》原载于《招生考试报》2021年4月3日。

散文《戈壁煤城好兄弟》原载于陕西省社科院《文谈》2021年4期。

组诗《养路工》原载于《中国铁路文艺》2021年第3期。

组诗《庐山风,庐山恋》原载于《长江诗歌》2021年第5期。

组诗《敦煌飞天》原载于酒泉文联《北方作家》2021年第3期。

评论《向光而生有山神》获渭南市"庆祝中国共产党成立

100周年"征文优秀奖。

2022年发表作品：
诗歌《春暖长安》原载于《陕西诗词》2022年第1期。
诗歌《早春》原载于《文化艺术报》2022年4月13日。
诗歌《西去旅途》原载于宝鸡《关山》2022年第1期。
组诗《沧海桑田中飞过一只蝴蝶》原载于《中国诗歌网》1月20日。
诗歌《春风中的马蹄》(外二首)原载于《中国诗歌网》1月28日。
组诗《几匹马》原载于《中国诗歌网》2022年3月25日。
组诗《春临长安》原载于《华山文学》2022年第3期。
组诗《风中的人》原载于《中国诗歌网》2022年5月13日。
散文《历史上的陕西商帮》原载于《西部大开发》2022年第5期。
散文《昆明池的前世今生》原载于《西部大开发》2022年第7期。
诗歌《海上月明》原载于《延河》2022年第7期"新诗经"。
组诗《动物世界》原载于《中国诗歌报》2022年7月25日。
组诗《孤旅》原载于《中国诗歌网》2022年8月25日。
散文《源远流长的郑国渠》原载于《西部大开发》2022年第10期。

散文《"天堑"变通途》荣获政协陕西省委"委员说：陕西这十年"主题征文二等奖。

散文《老子为何"天下第一"》荣获《诗歌月刊》杂志社全球诗歌散文大赛散文优秀奖。

2023年发表作品：

《桥陵是一座"历史的浮桥"》原载于《各界》2023年第1期。

诗歌《在陈庄》原载于《文化艺术报》2023年2月13日。

小说《云中谁寄锦书来》原载于《华山文学》2023年第3期。

人物专访《段遥亭：从黄土地走向马背的作家》刊发于《渭南师院报》2023年3月31日，由记者晋彤、黄家璇采写。

诗歌《美人扇》原载于《中国诗歌网》2023年4月3日。

散文《清明是一场隔世的约会》原载于《文化艺术报》2023年4月7日。

散文《李白的朋友圈》原载于《西安晚报》2023年4月22日。

组诗《八月秋夜》原载于渭南市作协《西岳》(季刊)2023年第2期。

散文《七彩凤县灵官峡》原载于《西部大开发》2023年第4期。

散文《蓝田原上访文姬》原载于《西部大开发》2023年第5期。

组诗《帕米尔》原载于《延河》2023年第5期"新诗经"。

诗歌《大梦春秋》原载于《诗龙门》2023年春夏卷。

散文《昭陵六骏》原载于《西部大开发》2023年第8期。

散文《"天堑"变通途》入选《三秦印记巨变·这十年》征文作品集(陕西人民出版社)。

组诗《此去经年》入选《华雅——中外诗文精选集·2023》(中国国际出版社)。

诗歌《内陆河之王——塔里木河》荣获新疆巴音郭楞蒙古自治州全国征文比赛优秀奖。

诗歌《兵团儿女的摇篮》入选《印象地窝子》征文作品集(新疆生产建设兵团出版社)。